U0524175

纸上声

李长声 著

商务印书馆
The Commercial Press
2013年·北京

图书在版编目（CIP）数据

纸上声/李长声著.—北京：商务印书馆，2013
ISBN 978-7-100-09728-4

Ⅰ.①纸… Ⅱ.①李… Ⅲ.①随笔-作品集-中国-当代 Ⅳ.① I267.1

中国版本图书馆 CIP 数据核字（2013）第 003693 号

所有权利保留。
未经许可，不得以任何方式使用。

纸上声
李长声 著

商 务 印 书 馆 出 版
（北京王府井大街36号 邮政编码 100710）
商 务 印 书 馆 发 行
北京瑞古冠中印刷厂印刷
ISBN 978-7-100-09728-4

2013年5月第1版	开本 850×1168 1/32
2013年5月北京第1次印刷	印张 7¾

定价：29.00 元

目次

- I　自序
- 1　漱石那只猫
- 13　芥川不语似无愁
- 25　大正范儿
- 30　无赖派喝酒
- 34　重读松本清张
- 39　井上厦的品格
- 45　教科书中的太宰治
- 50　池波贺年片
- 55　作家固穷
- 59　江户美食
- 64　宫本辉其人

71	森有礼的孙子森有正
76	编辑与作家
82	天皇的汉诗
86	作家与图书馆
91	文学奖的日本特色
97	他们读什么
102	同为人父的作者和译者
106	文学散步与散步文学
113	从史学到文学
118	恩仇何曾一笑泯
138	看园
142	天皇家的祖坟
146	东京城里墓地多
151	乱步碎语

157	为枕书序
162	美术馆
167	尼姑真命苦
171	日本人与英语
177	武士道，女人的，而且爱情的
182	莫须有的日本论
187	日本尤须中国化
192	踏绘与火眼金睛
197	老二们
201	欢悦大众的文化之花
207	话说平清盛
211	天灾难测人作伥
217	一柱摩天树信心
222	没跟你说我懂日本
230	编年旧事（代后记）

自序

赋得，先有了题目，倘若肚子里没有，恐怕作文也未必容易；作完了文再命题，又像给出生的孩子取名，也是个难事。翻翻周作人的集子，题目似乎没什么精彩，但作者如我者，就需要在题名上费一番苦心，以吸引眼球。终于把这本小书名为《纸上声》，还是有一点忐忑，因为它取自鲁迅的诗。那首诗是为小说集《呐喊》而作：弄文罹文网，抗世违世情；积毁可销骨，空留纸上声。我的书里没有呐喊，而为人平庸，几乎也没有毁誉可叹，用这样的书名，不免有拉大旗作为虎皮之嫌、之讥。我爱读鲁迅，虽然并非像日本评论家佐高信那样"烈读"，以支撑他的反骨哲学，"斩书斩人"。不过，从性情与兴趣来说，我倾向周作人，尤其爱读他关于日本的考察，即所谓日本论，持正而卓识，"比西洋人更进一层，乃为可贵耳"。

日本人特爱日本论，或者日本人论、日本文化论。担任过文化厅长官的文化人类学家青木保1990年出版了一本《日本文化论变貌》，他估计1945年战败投降以来，约半个世纪，有关日本文化论的书出版两千余种。二重性被视为日本人一大特性，可能不少人是从《菊与刀》这本书读来的，甚至只知道书名，浮想联翩，也大谈日本人如何二重。这种二重性，中国人早在唐代就指出了：野情偏得礼，木性本含真。（包佶《送日本国聘贺使晁巨卿东归》）陈寿《三国志》中有世界上最早的日本论。到了周作人笔下，写道："我们要觇日本，不要去端相他那两当双刀的尊容，须得去看他在那里吃茶弄草花时的样子才能知道他的真面目，虽然军装时是一副野相。"日本发动了侵略战争，证明周作人恰恰把话说反了，但描述日本人的二重性，他也比《菊与刀》早二十多年。二重性是日本刚刚走出原始状态不久从中国生生搬来了先进文化造成的。美国占领日本后，强加给它民主，与天皇臣民的落后性并存，又产生新的二重性现象。言行暧昧，也正是二重性的体现。说来哪个民族都具有二重性。当我们说道日本人时，总是忘记了自己的二重性，譬如满嘴仁义道德，满肚子男盗女娼。

我们也爱看中国论，现在常有人论，但好像很讨厌别人说三道四，尤其不能受日本人指指点点。日本人最在意欧美人说它什么，又说它什么了，却也只像照镜子，孤芳自赏，并不把外人对他们的不解当回事，倒可能觉得不解才说明自己是独特的，沾沾自喜。所谓独特，是比较出来的。没有比较，独特则无从说起。譬如说日本干净，那是跟本国相比的印象罢。美国人写了《丑陋的美国人》，受其启发，1970年代日本人也写《丑陋的日本人》，然后台湾的柏杨1980年代写了《丑陋的中国人》，可见任何民族都具有丑陋的一面。后出的书，意识先出的书，作者心里或许有一种自家更丑陋的潜意识。竞相出本国的丑，算不上坏事，但起劲儿比较谁个更丑陋，就近乎无聊了。

常听人慨叹，日本对中国的认识远远超过我们对这个蕞尔岛国的了解，甚而某日本学者说，中国研究日本的水准几乎等于零，所以才有了现在的对日政策。那么，当今日本对华政策就高明么？日本人时常对中国误解、误判，不就摆明了知彼不到家吗？末了便归咎于中国。日本人研究中国，多是对古代的研究，因为他们上溯历史，越往上越溯到中国古代里去了。与其说是研究中国，不如说是寻绎自己的历史。上帝在细节中，日本人对细节的探究着实比凡事大而化之的中国人强得多，却总是找不到上帝。大而化之也是一种方法论，层次未必浅。平日里与日本人交往，他们卖弄似的扯到古代中国，吟一首唐诗，讲一段三国，这是课本里学来的，漫画上看来的，话题转到现当代，就知之不多了。女孩子看见中国书报，惊叫全都是汉字呀，实在可爱极了。无论中国青少年多么喜爱日本漫画，中学课本里也不可能选入日本古文。我大清没落以前，日本远远落后于中国，不屑于了解恐怕也情有可原。甲午战败后，中国人悟出日本之所以忽而这般了得乃西化之结果，于是直奔主题，向西方取经，只把它当作"二传手"，岂非正道？至于取不来真经，那是中国人本身的问题，有这样的问题就是学日本也学不来。中国人对日本的考察、研究并不少，早年有黄遵宪、周作人者流，日本投降后大陆只能在报纸上看见毛主席接见日本友人，但台湾出版了很多关于日本的书。上世纪80年代以来一窝蜂出国，不少人学有所成，博士论文出版了不少，于中应有一个半个有真知灼见的罢。动辄说中国对日本的研究始终不发达，仿佛是一个共识，实乃伪命题。不知说这话的人读没读过周作人的日本论，又读过多少日本人论中国，恐怕不过是人云亦云。周作人写的是随笔，长也不过万把字，那一条条真见，若到了西洋人手里，可以洋洋洒洒成一本又一本论著，虽然多是填充料，却能让中日两国人叹为观止。或许从码字来说，这也是"东洋人的悲哀"罢。

　　两个民族，两种文化，无论怎么样交流也不会浑然一体。

周作人曾反省他观察日本所走的路，自呼愚人不止，卷土重来，提出了研究方法，那就是"应当于日本文化中忽略其东洋民族共有之同，而寻求其日本民族所独有之异，特别以中国民族所无或少有者为准。"日本与中国多有不同，我认为根本是三大差别：中国是大陆，日本是岛国；中国多民族，日本基本上单一民族；中国几千年来改朝换代，日本自诩万世一系。

我已活过周作人撰写《日本之再认识》(1942年)的年龄，在日本生活的年头也比他长得多，犹不能忝列他所说的少数人，即"中国人原有一种自大心，不很适宜于研究外国的文化，少数的人能够把它抑制住，略为平心静气的观察，但是到了自尊心受了伤的时候，也就不能再冷静了。"记得在某文中涉笔日本人写的汉诗，说人家露出不是中国人的马脚，被网友指出我有误。静心想一想，这个失误本来可以不发生，但兴之所至，只顾抓住个由头嘲笑一下，却露出了自己的马脚，骨子里到底"不能再冷静"。读鲁迅，好似跟着他痛骂，大快淋漓，读周作人不会有这种痛快。他曾说，"在今日而谈日本的生活，不撒有'国难'的香料，不知有何人要看否"。时过四分之三个世纪，今日谈日本还是得撒点什么香料罢，我的小书有人要看吗？但愿，纸上有声胜无声，不空留。

漱石那只猫

明治三十九年(1906)秋,夏目漱石给弟子写信,道:"只汲汲于眼前,故不能进。如此苦于当不上博士,苦于当不上教授,乃为一般。百年之后,成百博士化为土,成千教授变作泥。我是想以吾文留传百代之后的野心家。"

岩波书店1927年刊行岩波文库,头牌是夏目漱石的《心》,绵绵八十年,出书达五千四百种。2005年统计读者所爱,漱石有几部小说上榜,《心》位居第一,《少爷》第二,《我是猫》第四,《三四郎》《旅宿》《此后》《门》也都在百位以内。新潮社自1952年出版文库版《心》,五十余年印数达六百万册;每临暑假,都要增印十多万册。一百年过去,与漱石同代或后来"留名青史"的作家大都不过是文学史上的存在,而漱石仍然被人们捧读。他的"野心"没落空,怕是近代以来中国文学家无人能比。

长篇小说《我是猫》问世当年就有教科书节选采用，战败后1950年代所有语文课本都拿漱石的小说或随笔当教材，乃至"鸥外与漱石"是高中课本的一个单元，从而奠定了漱石是人民（日本叫国民）作家的集体意识。不过，改元平成(1989)以来逐年减少，2002年漱石作品从初中课本里消失，《文学界》杂志为此搞了个特辑，标题是"不见漱石、鸥外的语文教科书"。近年来只有几种高中课本选用《我是猫》或《少爷》这两部作品。作家是一国的语言教师，文学教育是审美的，也是道德的，然而由文学教育转向培养读写能力的文章教育，可能夏目漱石的作品就过时了。

我们中国人读译本，夏目漱石的小说晓白如话，这是拜译者之赐，明治年间的日语被译成现代中文。日本人读漱石，大概比我们读鲁迅难得多。漱石是美文家，如鲁迅所言，"以想象丰富，文辞精美见称"。他的文体属于汉文学系统；所谓汉文学，并不是中国文学。譬如汉诗，对于漱石来说，不是"吟"，而是"作"，他是用日语创作日本的汉诗。日本说"诗"本来指汉诗，有别于和歌、俳句，但19世纪末叶被取自西方的新诗鸠夺鹊巢。漱石汉诗的汉味儿远远比森鸥外纯正。文艺评论家谷泽永一推荐活用汉字入门书，列有漱石的《虞美人草》。

据说漱石写《旅宿》之前重读了《楚辞》，满纸汉文词，如珠如玑，我们中国人傻看都会有美感，却难为了当今假名(注音字母)横行的日本读者。

漱石文学是日本近代文学的巅峰。令人不解的是，川端康成和三岛由纪夫，这两位赫赫有名的现代作家都著有"文章读本"，教人写文章，广征博引，却只字不提夏目漱石，缘故何在呢？

夏目漱石生于1867年2月9日，阴历一月初五，为庚申之日，迷信说此日降生，将来是大盗，可以用金取名改变宿命，于是他本名叫金之助。这一年，2月13日明治天皇登基，11月第十五代德川将军把大政奉还天皇家，日本历史便跨入近代。漱石一岁被送人，九岁又回到本家(户籍是十多年后才回归)，难有归属感。为了读汉籍，从公立中学退学，入私塾二松学舍。明治维新后改革开放(日本叫文明开化)，全盘西化，汉学过时，担心将来靠它吃不上饭，又改学讨厌的英语。不过，汉诗文的兴趣与素养已沁入心脾，伴随终生。二十四岁入帝国大学英文科，毕业后任教于高等师范学校，年俸四百五十日元。一年多辞职，赴松山的中学当英语老师；月俸八十日元(校长为五十日元)，或许远离京城真是为赚钱出洋。在地方辗转四年，倒也为日后创作《少爷》体验了生活，积累了素材。

1900年,三十四岁被公派留学,本来已经有好似被英文学欺骗之感,在伦敦两年更觉得"英国人很蠢"。归国任帝国大学英文科讲师,教授英文学概说。漱石不大有授业解惑的才能,学生从来不爱听,大概这也促使他投教鞭,事笔耕。

1903年迁居,房子是森鸥外以前也住过的。第二年,跑进来一只野猫,赶出去又进来,一个老太太说,这只猫爪子底下也全黑,是福神哟,漱石之妻便收养。果不其然,岂止给夏目家招财,而且给日本近代文学招来了一部不朽之作。1905年1月1日,日本以惨重的代价占领旅顺,打败了俄国,此日漱石发表《我是猫》。写道:"我是猫,名字还没有。"这只被遗弃的猫登场就撇清老子可不是人类,然后,"高高在上,批判人,冷笑人,揶揄人"(这是当时对漱石的批评)。喵一声惊人,接着又发表《少爷》《旅宿》等,风格各异,展现了多彩的才能,一时间"文坛成了漱石一个人的舞台",从此在大众中间人气经久不衰。至于那只猫,死于1908年,被埋在后院的樱树下,漱石题写了俳句,并函告友好,但忙于执笔《三四郎》,没给它开个追悼会。

当今畅销书动辄超百万,但漱石在世的时候,全部作品的印数累计也不会超过十万册。《我是猫》具有符号论的价值,一说漱石,人们就想到那只"猫"。不过,写这个小说的缘起不在猫,而在于高滨虚子。漱石海归,神经仍然很衰弱,甚至连家人也当他疯了,他也就不费话辩解。虚子等友人劝他写东西换换心情,便写了《我是猫》。俳友(俳句之友)集会上,虚子朗读,笑声满座,于是发表于虚子主宰的《杜鹃》(杂志名来自正冈子规的子规,但写法不同,故译作杜鹃)。题目叫"我是猫",还是叫"猫传",漱石游移不决,虚子建议叫《我是猫》。他还给删改了好些"赘文句",以致第一章读来似不如以下章节恣肆汪洋。并不曾意识文坛,不过是想写就写了,起初就一期,却一发而不可止,断续连载了十期,使这个俳句杂志也一度转向小说。

人们为这只"猫"查找血统,众说纷纭。譬如英国斯威夫特的《格列佛游记》,劳伦斯·斯特恩的《项狄传》,德国霍夫曼的《公猫穆尔的人生观》。小说家大冈升平把英国卡莱尔的《衣服哲学》推定为《猫》的样本。这种阅读联想很自然,但动物拟人化更像是日本的古老传统,绘画也好,民间故事也好,司空见惯。读《我是猫》,那种叙述腔调,特别是开篇,也让人不禁联想鲁迅的《阿Q正传》。

时人分析漱石风靡的原因,有二:一是用谁都能懂的文章写谁都常有的事,再是笔调滑稽,有俳句之趣。漱石主张:文章以趣味为生命,文学是吾人趣味之表现。文学越发达,在某种意义上越是个人的东西。不充分展示强大的人格力量就不能说是优秀的东西。他并不把文坛看在眼里,半个月写就《旅宿》,给弟子写信,说"这样的小说是开天辟地以来不见其类的"。还说过:"是在与世间普通所说的小说完全相反的意义上写的。只要把一种感觉——美的感觉留在读者的头脑里就行了。此外并非有什么特别的目的,也因而既没有情节,也没有事件的发展。"

《我是猫》也不是"给人读故事的普通小说"。究竟什么是普通小说呢?那就是自然主义文学。当时自然主义文学流派勃然而兴,大有掌控文坛之势,漱石不与为伍,就成了一个反动。自然主义派群起围攻,把《我是猫》贬为"高级落语(单口相声)",尽管有意思,但读完头脑里留不下任何印象。形成鲜明对照的是以小说《破戒》开启自然主义文学的岛崎藤村,有人加以比较:漱石写作快得惊人,而藤村写作之慢也够惊人的,但前者不忠实于作品,相反,后者的忠实很让人满意。漱石好用"自然"一词,却讨厌自然主义,讨厌以小说《棉被》确立自然主义文学的田山花袋所主张的"赤裸裸暴露自己"。一言以蔽之,自然主义文学不用想象力,不加虚构或修饰,完全照生活实际自我表白,而表白的每每是通奸、乱伦。这可算犯罪,为世间的常识与道德所不容,所以写这种普通小说很需要点自我毁灭的勇气。漱石笔下没有性描写,这也为他赢得中流阶层的好感。自然主义者读来,漱石的美文是空洞的,算不上小说。正宗白鸟的批评是自然主义文学观的典型:《虞美人草》太冗漫,报纸的读者竟能把这么漫长的随笔录、漫谈集当作小说来接受,坚韧地读下去,实在不可思议。有点像小说的部分模仿通俗小说的形式,却未能达成,远不如菊池宽的通俗小说。

其实,漱石压根儿不要写"小说",他写的是"文",以固执于语言的意识写作。《我是猫》中有日记、书信、广告、新诗、俳句等,丰富多彩。"用言文一致体一气呵成地信笔写下来的,有点乱七八糟的文章:'天然居士是研究空间、读《论语》、吃烤红薯、淌鼻涕的人'。"比漱石年长三岁的二叶亭四迷于1887年发表《浮云》,是为言文一致运动(白话文运动)的先驱之作。这个运动主要由小说家推进,当然不是方言与文一致,甚而是通过文(文章、文学)对言(语言)强行统一。由于坪内逍遥、二叶亭四迷以及森鸥外等人的努力,漱石上场时,言文已基本一致,近代小说的叙事方式大体上成型。近代"小说"的语言是贫乏的,漱石从"文"的水准予以排斥。自然主义派作家没有"文"的意识,语言被当作透明的媒介。历史小说家司马辽太郎认为,夏目漱石和正冈子规确立了日语。

漱石的"文"是"写生文",这是正冈子规倡导的。漱石的弟子芥川龙之介和谷崎润一郎论争,在《文艺的,太文艺的》一文中写道:"夏目先生的散文未必有赖于其他,但先生的散文有借助于写生文之处是不争的。那么,写生文出自谁手呢?出自俳人兼歌人兼批评家正冈子规的天才。(不限于写生文,子规对我等的散文——白话文也留下不小的功绩)。"子规从西方的绘画、摄影拿来了写生,主张如实地描写对象,进而把这种短歌和俳句的方法论推广到散文,创生新文体,即写生文。

子规和漱石是老同学,漱石跟他学俳句,笔名漱石也是子规转让的。漱石说自己是无害的男人,又不爱多嘴,从来朋友多。子规是松山人,与漱石同年生。自幼跟祖父学汉学,热衷于汉诗。十六、七岁爱上了和歌、俳谐。写出《七草集》,请友人批评,漱石写下了汉文评语,又作《木屑录》回应。自负多才的子规素知漱石英语非常好,而长于西,大都短于东,不料他不费时日就写出漂亮的汉文,惊叹"如吾兄者,千万年只一人,余幸接咳唾",从此引为知己。漱石和子规的友情在日本文学史乃至日本近代史上留下美谈,无与伦比。漱石在《处女作追怀谈》中谈到:我也是十六岁时读汉籍、小说等觉得文学很有趣,自己也想干个试试。可以说,使漱石天才爆发的导火索是子规。

子规在《墨汁一滴》中写道："我俳句同好中，俳句发挥滑稽趣味成功的是漱石。"子规搞文学革新运动，核心是俳句，说到底，写生文无非把散文写成俳句。俳句是滑稽的，漱石笔下的滑稽植根于俳句精神。他说："写生文家对人事的态度不是贵人看贱人的态度，不是贤者看愚者的态度，不是君子看小人的态度，不是男看女、女看男的态度，而是大人看小孩的态度，父母对儿童的态度。世人不这么想，写生文家本身也不这么想，但解剖则最终归着于此。"这说法与弗洛伊德谈幽默相近："他对其他人采取某人对孩子似的态度，而且，即使对于孩子来说很重大的利害、痛苦，他也明白其实是鸡毛蒜皮，微微一笑。"写生文作者的心态是大人看小孩，不哭地叙述别人的哭，这对于主张一五一十写现实的自然主义阵营是很大的刺激。正宗白鸟说：整个范围跟近时其他小说家不同，滑稽可笑地观看万事，这是漱石富于俳谐趣味的结果，但并非作品中的人物造成滑稽，而是作家的冷笑批判。也有人愤然：漱石这个人瞧不起人，不管什么样的正经事，非弄得不正经才满意。

日本人谈论近代文学，总是不由自主把寻根的眼光转向西方，何况夏目漱石又是英文学家。他的确有英国式幽默，但滑稽是老东京人的本性。生长在"天子"（将军）脚下，说话爱冷嘲热讽，也常说自己是傻瓜。漱石的滑稽还来自老东京（江户）的落语。上大学预科时，他经常和子规去曲艺场听落语。"猫"最后说："好像曲艺场散场之后，客厅冷清了。"

《棉被》率先把西方近代文学的"告白"精神导入日本文学，被视为近代文学的出发点。从自然主义文学到私小说，构成纯文学系统，是日本文学史的正统。漱石自道，既不是自然主义者，也不是新浪漫派作家，"我就是我"。他是写给不曾"见过文坛的后街小巷"、"受过教育但普通的士人"，并且使读者"保持精神性健康"，因而被夸示病态的文学家视为"大众文学"。这就是川端、三岛不睬漱石文学的根由所在。

自然主义文学只把自然主义看作"文学"。当这种文学几乎独霸文坛时，1907年漱石放弃"大学那样有荣誉的位置"，受雇于朝日新闻社，专事写作，"遇见的人都满脸惊愕"。1911年当局不由分说颁发文学博士称号，他断然拒绝：我一直以普通的夏目某度日至今，此后也希望以普通的夏目某度日。他在帝国大学只是个讲师，而今名气大了，官方出来摘桃子，焉能不令他来气。当时全日本只有四五十名博士，地位之高不是现今可比的，这个拒绝实属破天荒。漱石寸步不让，言明：我没有接受的义务，更何况我认为现今的博士制度功少弊多。此事不了了之。当局组织知名作家如森鸥外、幸田露伴、德富苏峰成立文艺委员会，以振兴文艺，就不找漱石。他也不装清高，在报上发表《文艺委员会干什么呢》，指出：靠官权之力，文艺不可能兴隆，反而有害。文艺彻底是个人的东西，政府或文艺委员会充当最后的审判者，美其名曰健全文艺之发达，结果，对体制有利的作品被奖励，不对路的作品被压迫。几年后这个文艺委员会不知所终，而漱石的后尘不乏人步，如八十年后大江健三郎峻拒文化勋章，但要说义正词严，唯漱石长留天地间。

漱石讲演，听众为他敢于顽抗官方而鼓掌，他却不买账，说：你们去医院看病，有医学博士就不找普通医生罢。

以评论夏目漱石扬名的江藤淳评论："小说作者漱石，他作为一步也离不开彻头彻尾被认为低俗、常让人感到厌恶的日常生活的生活者而写作。放弃作为生活者的自己对于他来说就意味作家生活的结束。而且可以说，能这样使（作为）生活者的自己和作家的自己一致之处有这位作家的真正的独创。"作为作家的漱石，对于生活者，也就是国民，包括他自己在内，是笔挟嘲讽与批判的。或许可以说，《我是猫》中的苦沙弥是生活者漱石，而猫眼看人，观察并批判人的愚蠢、滑稽、丑恶的，是作家漱石。

作家往往有自己的历史"标准像"，例如太宰治高踞酒吧的凳子上，像一堆颓废，芥川龙之介目光炯炯，仿佛看透了漠然的不安，而夏目漱石是支头沉思(其实他在为明治大帝戴黑纱)。在全民一窝蜂儿富国强兵的年代，漱石不是单纯地赞美近代化，而是超然于自然主义文学潮流之外，对欧美及近代社会的弊端也洞若观火，并重新审视东方的、日本的传统。近代化实质是欧美化，输入物质文明的同时也输入人生观、道德观、社会观，连真伪、善恶、美丑等的判断都要向欧美求标准，固有的一切都是伪、恶、丑，这样的近代化何其滑稽，让漱石不笑都不行。《我是猫》中痛骂唯利是图的实业家，谷泽永一指责反时代、反经济。与他气通沆瀣的论客渡部升一说：漱石显得很幼稚，他四十九岁就死了，我已活到七十五岁，读一个五十岁的人写的东西被感动，岂不可笑。

明治历时四十五载，于1912年结束，四年后(1916年12月9日)漱石病故，一生基本与明治相始终。如今读漱石，欣赏之余，也是读明治这个时代。

芥川不语似无愁

芥川龙之介二十二岁，那是大正三年（1914），就读于东京帝国大学英文科，在《新思潮》上发表处女作《老年》。大正十五年(1926)12月25日天皇驾崩，改元昭和，半年后，芥川续写完《西方之人》，仰毒自杀。其文学生涯整个与大正时代相始终。历经明治、大正、昭和三朝的文学家佐藤春夫说：芥川比谷崎润一郎或菊池宽更适于代表大正这个时代。

小岛政二郎自传性小说《眼中的人》翔实记述了大正文坛，有史料价值；对于他来说，芥川龙之介亦兄亦师，初次拜访，正当芥川结婚第二天："来客接踵，不大工夫书斋就满了。主人跟谁都有话说，无人向隅。时而夹杂机智的议论，听得我不禁为主人的博识咋舌，觉得好像被理论的精辟洗耳。"

在小岛眼中，芥川"像女人一样的长睫毛给秀丽的容貌平添了一抹阴翳"。

年轻轻的，第一个作品写的是"老年"，令人联想太宰治的处女短篇集，叫作《晚年》。芥川早熟，体弱，对于非现实的怪异感兴趣。《老年》很显得老成，虽然多少也露出幼稚，甚至有一点炫耀与装腔作势，但充足具备了他的文学特色，不过，其中飘溢的江户趣味与陋巷情绪后来的作品里再未出现过。厌恶这种趣味及情绪，乃至否定永井荷风的小说《隅田川》为"庸俗可哂"，莫非因为他就出身于那里——传统的江户，现实的东京。东京叫江户的时候祖上已定居于此，芥川1892年生在东京，1927年死在东京，一生基本在东京度过，纯粹东京人。永井荷风、谷崎润一郎以及三岛由纪夫也都是东京人，他们有相似之处，那就是趣味和感觉遗传了江户文化的洗练，艺术感受性特别敏锐，追求形式，强烈地关心文体与结构，具有唯美的、城市的、理智的倾向，纤细华丽典雅，与大都出身于地方、抛弃家庭的自然主义作家形成对照。生长在老城陋巷（日本叫下町）的人搞文学，要么现实主义地描写其间的生活、人际关系及其独特的哲学，要么脱离现实，另外虚构一个理想的舞台。评论家吉本隆明言道："芥川这个作家毕生拘泥于自己是中产下层阶级出身。对于他来说，出身阶级的内幕是最该厌恶的（伴随自我厌恶），便试图凭超群的知性教养否定这一出身而飞扬。"陋巷出身与身处知识人世界的乖离造成芥川人生观的虚无，而江户时代的怪谈趣味在他笔下表现为神秘、怪异、超现实。

芥川没有把短篇小说《老年》收入第一作品集。继《罗生门》之后，1916年发表《鼻子》，表现了不能本然活自己的悲哀，被夏目漱石激赏，芥川这才登上文坛，所以通常将此篇视为他出道之作。漱石在"心情兼有痛苦、快乐、机械性"的状态中写信给芥川，夸赞："觉得你的东西非常有意思。沉稳，不戏耍，自然而然的可笑劲儿从容而出，有上品之趣。而且材料显然非常新。文章得要领，尽善尽美。这样令人敬服的东西今后写二三十，将成为文坛上无与伦比的作家。然而《鼻子》的高度恐怕很多人看不到，看到也都置之不理罢，别在乎这种事，大步往前走。不把群集放在眼里是身体的良药。"《罗生门》写的是以恶凌恶才能活下去，这是人世的真相，也是芥川的人生观。"善与恶不是相反的，而是相关的"。"外面只有黑洞洞的夜"，一句景色也道破人生与人心。《罗生门》和《鼻子》这两篇小说基本上确立了芥川的创作方法，也规定了芥川文学的方向。

夏目漱石忙于写作，腾出星期四（木曜）待客，称作木曜会，也就是文学沙龙，形成了漱石门下。1915年冬芥川跟着久米正雄钻进漱石山房的门。他回忆："进夏目先生门下一年左右之间，不单艺术上的训练，而且发动了人生的训练。"芥川终生称漱石为先生，执弟子礼，但若看其小说，他实乃森鸥外的忠实徒弟，那种明晰端丽就是从鸥外的历史小说学来的，鸥外对芥川文学具有实质性影响。他也称鸥外为先生。

《老年》和《鼻子》均发表于《新思潮》。它是个同仁杂志，创刊于1907年，时断时续，1979年第十九次停刊。芥川参与第三、第四次复刊，这两次《新思潮》杂志的作家群被称作"新思潮派"。初期《新思潮》的文学史意义在于反自然主义运动。自然主义派的一定之规就是从身边日常的平凡生活造作文学，芥川与之对抗，从书斋的读书中产生作品。他崇拜法朗士，在《澄江堂杂记》中赞同其说法："我了解人生不是和人接触的结果，而是和书接触的结果。"自然主义作家把丰富人生经历摆在首位，芥川看似不大把本人的生活体验直接反映在作品里，却也同他极为厌恶的岛崎藤村一样，不是无中生有，笔下的人物是古代王朝的平凡人，而心理是大正时代的小市民，当然与他人生不无关系。他说过："我的小说多少也是我的体验的告白，但诸君不知道。诸君劝我的是以我本身为主人公，恬不知耻地写我身上发生的事件。"自然主义者以自我暴露为能事，在他们看来，芥川卖弄技巧，炫耀学问，把文学当作游戏，不说"真话"。芥川出生于小康人家，没吃过苦，一帆风顺，教两年书就躲进书斋里写作，从古今东西的书本讨素材，因而作品里几乎看不见广阔的社会现实和深刻的生活斗争，氛围比较小，却也是无奈的事实。芥川的藏书现今收存在日本近代文学馆的芥川文库中。

发表于1927年的《玄鹤山房》充分展示了芥川文学的成熟，笔法质朴，简直不像出自他的手，连痴迷自然主义小说的评论家也予以好评。在为数众多的作品中，有人说《玄鹤山房》第一，正宗白鸟则推举《地狱变》，志贺直哉赞赏《一块土》，久米正雄钟情于《蜃气楼》，而川端康成认为《齿轮》好。各有所好，足以表明题材与手法之多彩。芥川的作品可分为几类，人们最熟悉的是那些取材于历史的小说，如《罗生门》《鼻子》《芋粥》都是以平安时代的风俗为背景。芥川的唯一弟子堀辰雄说："他终于没有他独有的杰作，他的任何杰作都带有前世纪的影子。"芥川的作品不仅是文学的，而且是才学的。据考证，至少六十余篇小说有来处，原典用得最多的是《今昔物语》。大约成书于12世纪前半的《今昔物语》从各种资料汇集千余说话，分为天竺五卷、震旦五卷、本朝（日本）二十一卷。一则一两百字的说话被芥川拿来创作成五千来字的现代小说《罗生门》。《竹林中》的出典也主要是《今昔物语》；

小说主人公是失业的下级武士,为今后的生活而苦恼,想活只有当强盗,以恶凌恶,机智地写活了异常状态下人物心理的一步步变化。黑泽明据之改编成电影《罗生门》大获成功,把芥川文学推向世界。

芥川也多从世界文学获取灵感,吸纳手法。大概果戈理的《鼻子》让他悬想别的"鼻子",借以揭示"旁观者的利己主义":同情别人的不幸,但看见别人挣脱了不幸,又感到不满意了,甚至有敌意。《芋粥》简直像摹写果戈理的《外套》,漱石批评它过于"细叙絮说",虽说上帝在细部。《偷盗》与梅里美《卡门》人物类似。《竹林中》主题是对于女人的心极度不相信,把作者深度怀疑客观真理的情绪加以文学化,形式上也借鉴了罗伯特·勃朗宁的长诗《指环与书》由九个人陈述杀人事件,还有法国13世纪传奇《邦丘伯爵的女儿》:夫妻旅行中遭遇草寇,妻子被凌辱,要杀掉目睹自己耻辱的丈夫。把芥川的作品和原典相比较,可藉以了解他如何脱胎换骨,把故事新编,寄托人生感怀,有益于鉴赏与写作。历史小说家从史料文献中渔猎素材是当然的,而芥川渔猎之广,及于不为人知的部分,发现其文学价值,就需要别具艺术素质了。

芥川也写现代小说。《手巾》批判新渡户稻造鼓吹武士道,

《秋》描写大正时代知识阶层男女青年的细腻的心理起伏，《南京基督》《湖南扇》是芥川旅行中国、研究中国女性心理的产物，《将军》批判为明治天皇殉死的乃木大将的生活方式及其性格，《一块土》用弟子提供的素材描写了芥川陌生的农村生活。《玄鹤山房》凝缩了20世纪初叶的家庭生活及家庭制度最黯淡的要素，最后冒出个大学生捧读"不惜一切牺牲地去同资本主义作无情的斗争"（列宁语）的李卜克内西《追忆录》，仿佛象征了新时代的到来。

芥川早就从艺术上对基督教感兴趣，研究过天主教传来及时代风俗与殉教史，以天主教为素材写了一系列作品，如《烟草与恶魔》《奉教人之死》《西方的人》。他不是基督徒，不信上帝，无关乎信仰，不过把基督教当作一种异国趣味，抒写固有的主题。《西方的人》里的"我"不顾历史事实、地理事实，只是按自己的感觉写"我的基督"，把基督当作人描写，普通女人玛丽亚生下的人之子，而不是圣经里的上帝之子。写了《西方的人》，意犹未尽，又续写《西方的人》，"再次加写我的基督"，似乎当他决定自杀时走近了基督。远藤周作被称作天主教文学家，他写《沉默》时还不曾读过芥川的《神们的微笑》，但挖掘的问题正是芥川在这个作品里提出的。生前身后，基督徒论客不断地批评芥川对圣经解释有误。

1927年，尽失生活欲，仅存"制作欲"，芥川在"人生比地狱还地狱"的处境中仍然旺盛地创作，但一反常态，《大导寺信辅的半生》《蜃气楼》《齿轮》《某阿呆的一生》等作品写自身，坦率表露了人之将死的心绪与人生观。《齿轮》被很多评论家视为芥川的最高杰作，写于自杀三个月前，由于服用安眠药(一般药店买不到的进口安眠药)，幻觉丛生，却不见生的光明。忧郁中读《暗夜行路》，心感到平和。《暗夜行路》是志贺直哉的自传性长篇小说，芥川对志贺的文学家生活方式深为敬畏，肯定志贺的"没有像'故事'的故事的"心境小说，甚而完全否定自己以前有故事性的文学。写作《戏作三昧》时读了志贺直哉的《和解》，竟讨厌继续写自己的小说。这两个作家资质全然不同，问题是芥川始终对自身的艺术抱有怀疑。

这一年芥川撰写《文艺的，太文艺的》，跟谷崎润一郎展开论争。他主张，没有像"故事"的故事的小说最接近诗，是最为纯粹的小说。志贺直哉的《篝火》等就是这样的小说。谷崎则认为："凡在文学中能最多地具有结构美的东西是小说。"其实，芥川并不曾否定结构美，他重视诗魂，有无诗魂、诗魂深浅才是艺术问题。《蜃气楼》是这种主张的实践，漫不经心，几乎不能叫小说，但他自认"最有自信"了，也有人认为这是芥川向日本式抒情世界的回归。三岛由纪夫说这个小说里"飘溢着诗"。芥川文学之美即在于诗心与理智。

芥川擅长于警句格言,思想的闪光,文学的碎金,要约其人生观、艺术观。《侏儒的话》就是一本箴言集,热衷造警句的微博控不妨拿来作范本,例如,"遗传、境遇、偶然,掌控我们命运的毕竟是这三者"。又如《某阿呆的一生》有一句广为人知:"人生还不如一行波德莱尔。"法国诗人波德莱尔是艺术至上主义者。人生苦短,而艺术长久,《戏作三昧》《地狱变》具体表现了芥川的艺术至上主义。《戏作三昧》的人物不是虚构的,而是江户时代"戏作"(通俗小说)大作家泷泽马琴,描写他一天的日常生活,借马琴这个外形表达了芥川身为作家的思想、感情以及问题。他跟谷崎润一郎等是最强硬的反私小说派作家,但这个小说大有当时已成为文坛主流的私小说之趣,想来也是要谋求风格变化,以防止自我模仿,作为艺术家退步即濒死。《地狱变》取材于《宇治拾遗》等古典,把作者唯美的艺术至上主义信念加以物语化。对于芥川来说,艺术之境没有未成品,即使短小也要创作完成品。战败后三岛由纪夫将其改变为歌舞伎,但主题全然不同了。芥川说:"古来热烈的艺术至上主义者大抵是艺术上去势者。"

通常芥川是伏案一天,写千八百字,反复推敲,功夫下在文体上，但《轨道车》例外，一晚上一挥而就，也许因为是借用一个杂志记者的习作改写的。友人室生犀星叹其"清澄简洁"，夸耀人工性奇巧的三岛由纪夫也赞为佳良之作，"描写对轨道车这一小物象的记忆，使其徐徐具有人生的象征，最后寄托现在的心境"。

芥川龙之介只创作了十一二年，月月在报刊上发表作品，篇篇各有巧妙不同。1910 至 20 年代，仿佛在文学方面继承了江户匠人善于做小巧工艺的感觉，产生了很多短篇小说的名手。小说的主要形式是短篇，或许这也是芥川不要等写完长篇《邪宗门》之后再自杀的传媒因素罢。美国小说家埃德加·爱伦·坡对日本作家影响甚巨，他主张一两个小时能读完的短篇优于长篇，芥川与之共鸣，也是短篇主义的作家。他有《小说作法十则》，曰："小说在所有文艺中最是非艺术性的"，"如果对一个语言的美不能恍惚，那就在小说家资格上多少有缺点"。

终生不写粗野的文学，洁净是芥川文学的魅力所在。他说过："我同情艺术上的所有反抗精神，纵然有时是针对我本人。"外国文学的影响，古典的摄取，新文体的成熟，一个时代的文学在芥川手里出色地完成了。留名文学史，现实意义又如何呢？中村真一郎的说法发人深省：芥川创作了谁都不能模拟的优秀散文，然而，他的方法在其后文学历史中什么都不曾产生。他的文学是死胡同。其完成没打开任何新的展望，没蕴藏任何可能性萌芽，这也含有花已全部开尽的意思。

大正时代是优秀作家辈出的时代，如武者小路实笃、里见弴、有岛五郎、广津和郎、宇野浩二、葛西善藏、志贺直哉、佐藤春夫、久保田万太郎、菊池宽、久米正雄，群星璀璨。大正时代有所谓大正民主或浪漫之说，也就是资产阶级自由化，不消说，各个阶级的所有阶层都参与这场狂欢。芥川凝聚了这个时代的自由精神、怀疑主义，感到了"漠然的不安"。果不其然，浪漫到了头，日本走上军国主义的不归路。从小说来说，志贺直哉等二三作家也不无胜过芥川之作，为什么单单芥川始终被另眼看待呢？大概原因之一是他很及时地自杀了。正当历史剧变之际，他的死就具有象征意义。芥川自杀绝不是一时冲动，致友人信中一再说："我这两年净考虑死了"，"我有死的预感"。而且留下了七封遗书，写道：人生至死是战斗，自杀如同对过去生活的总决算。甚至遗嘱孩子们，倘若人生的战斗打败，那就像你们的老子一样自杀。

芥川1917年刊行第一个作品集，名为《罗生门》。卷头印着"供在夏目漱石先生灵前"，还有中学恩师题写的"君看双眼色，不语似无愁"，这是江户时代临济宗白隐禅师的诗句。

作品本来是作家给自己做的假面。芥川机智、讽刺、谐谑，从"似无愁"到"漠然的不安"，笑的假面之下有一张阴翳而忧郁的真面目。芥川尊敬的作家佐藤春夫说："人们大都被他的飒爽风貌和绚烂才华所眩惑，没发现深处秘藏的东西。她的真面目是深深悲哀的人，这种人品构成他文学的根柢。把那悲哀巧妙地包装或变形而诉诸笔端的努力不就是芥川文学吗？"当代评论家江藤淳也说："重读芥川作品所痛感的是隐藏在高雅文章背后的黑暗空洞之重。"他太是审美家，始终不失对古典主义的憧憬，但彻底是近代人，而且是记者，既不能隐遁，也不能沉默。凭时代的敏锐感觉和博学发觉随后将兴起的东西是和他完全绝缘的新文化，漠然的不安是思想的，更是文学的。对于芥川之死，时人或认为是社会问题，或看作他"最后的力作"。室生犀星说："这个作家好像从书籍之间变出来的，在世上只活了三十几年，谈笑一通，马上又隐身于自己出来的书籍之间，不再出来。"

芥川觉得"周围是丑陋的，自己也丑陋，而且看着这些活着是痛苦的。"末了想到了中国的作家，似乎他们向来只看见周围的丑陋，就活得很快乐，尽情活下去，小苦也带着微甜。

大正范儿

民国有范儿，日本大正年间也有范儿。大正范儿们还热过一阵子"支那趣味"，大正元年与中华民国元年同年，即公元1912年，所以那时的"支那趣味"也不妨译作民国趣味罢。说来支那这个词，最初从鲁迅那一代的文章里认识，就当作了民国范儿的用词。今天出版不会把他们笔下的支那改为中国，与鲁迅同代的大正范儿口称支那也不含贬抑，为存照历史，似乎也无须特特的译作中国。

大正十年(1921)谷崎润一郎写了一个小品《鹤唳》，那里面，妻问："支那是好地方吗？"夫答："好地方哟，像画一样的国家。"这种对中国的憧憬即所谓支那趣味。谷崎而外，佐藤春夫、芥川龙之介之类的文人都抱有支那趣味。

就文学家来说，森鸥外、夏目漱石、幸田露伴等人是具备汉文素养的最后一代明治人。鸥外小说《雁》里，明治年间主人公被选送德国留学，条件是能够说德语，还要能轻松读汉文。佐藤春夫比"余少时好学汉籍"的漱石晚生廿余年，自愧汉学不如明治范儿，翻译中国文学得参考英译。大正范儿犹具备汉文功底，譬如谷崎润一郎幼年上过汉学塾，母亲教他十八史略。这两代文学家大都有学问，但汉文是明治人的素养，而对于大正人来说，基本是趣味。

1871年日本和我大清签订《日清修好条规》，也就是说，明治维新后日本对欧美敞开国门，同时向中国敞开了。江户汉诗人赖山阳只能隔海望大陆，"云耶山耶吴耶越"，而明治文人实现了江户文人的梦，跟来自中国的士大夫（官僚、文人）直接交流。中国大学者俞樾破天荒，从日本数百种汉诗集当中选编了《东瀛诗选》。写作上千年，终于得到本家的批评，得以跟本家唱和，给日本汉诗文带来了巨变。永井荷风写道：父亲喜好唐宋诗文，早就和支那人订文墨之交。记得小时候，父亲的书斋及客厅里悬挂着何如璋、叶松石、王漆园等清朝人的书轴；何如璋是第一任驻日公使，叶松石是东京外国语学校聘请的教师，王漆园曾游历日本各地。

明治维新后转向西方，汉文由主流变为底流。森鸥外、夏目漱石，以及永井荷风、谷崎润一郎、芥川龙之介骨子里仍然是汉文的，以汉文为基础，在汉文的脉络中建构近代文学。佐藤春夫自道，"全部著作的一半或三分之一都是写与支那有关的事"。若没有汉文素养，日本搞不来明治维新；没有支那趣味，恐怕也发展不起来近代文学。谷崎润一郎写道："我们今天的日本人看上去几乎完全引进西欧文化，与之同化了，但令人惊讶，仍然有叫作支那趣味的东西把意外顽强的根扎在我们的血管深处。我近来尤深有此感。我也跟人们一样，曾以为东方艺术落后于时代，不放在眼里，只憧憬西欧文物，为之心醉，但某个时期到来，末了又返回日本趣味，终于趋向支那趣味。这几乎很普通，尤其出国回来的人当中好像更多些。"又写道："搬到横滨以来做电影工作，在充斥洋人味儿的街上住洋房，可是我写字台左右的书架上，和美国电影杂志一起摆放着高青邱、吴梅村。"

将趣味付诸实践，大正七年 (1918) 谷崎旅游中国，路线是经由朝鲜半岛到北京而南下。他只把江南写成小说，因为对于他来说，对于江户以来的日本文人来说，江南才是憧憬之地，那里是文化艺术的中心。谷崎好吃，"读崇尚神韵缥缈风格的支那诗，然后吃有毒似的菜肴，让人觉得好像有显著的矛盾，但具备这两个极端，不正是支那伟大性所在吗？"莫非用肠胃思考，虽然演员在台上吐痰擤鼻涕叫他惊诧，但中国还是被他美化成乌托邦："去乡村，支那百姓如今也逍遥自在，'帝力于我何有哉'，对政治、外交毫不关心，满足于吃便宜东西穿便宜衣服，悠悠度日。"

永井荷风介于夏目一代与谷崎一代之间，十九岁随父亲去上海，对奇异的风俗，张园的簪桂花美人、徐园回廊的楹联书体、剧场茶馆栉比的四马路瞪大了眼睛，异国的色彩语声给了他猛烈冲击。"支那的生活好像很有趣，总想去那里，所以回来很快就上了外国语学校，学习支那语。"汉洋兼修的父亲在明治政府当官，荷风可算官二代，又去过美、法，但归国后一头钻进落后于时代的胡同，沉溺于江户趣味，甘当无用之人。他说：大概我不受人教，早从学生时诵归去来之赋，又盼读楚辞，是流淌在明治时代背面的某种思潮所致。支那趣味也属于这种思潮，反感汲汲于文明开化的西方化、近代化，并予以抵拒。

比谷崎晚三年，大正十年(1921)芥川龙之介也去了中国。被特约为记者，要报道的是现实，理智的芥川眼见中国，全然与吃嫖为乐的耽美主义者谷崎不同，是大失所望，说"我不爱支那"。说到底，支那趣味仿佛是一种乡愁，范儿们要回归的并不是现实的中国，而是中国的古典。不限于文坛，那时候画中国也是近代美术的一大潮流。支那趣味的时兴，背景也在于自甲午战败，中国被置于日本势力之下，行旅大为方便了。谷崎润一郎亦不能免俗，优越感洋洋，既说"中国食文化的深远历史是日本人怎么也无法较量的"，又说"能理解支那菜的妙处的，其实不是中国人，而是我们战胜国的日本人"。这种现象与心态可以用谷崎辞世十多年后萨义德出版的东方学之说诠释罢。

谷崎平生放洋了两次，都是去中国。第二次是大正十五年(1926)，觉得"中国人的风俗等也无聊地热衷西洋了，和八年前的印象大不一样。甚至打算中意的话，就在上海构居，结果却扫兴而归"。他这次归来后不再拿支那趣味做文章，虽然《细雪》等作品里闪露着海外游历的痕迹。竹内好说自己这代人在形成中国印象上受到谷崎等大正范儿的影响，所以"中国观根本上受制于大正文学"。

1926年蒋介石率军北伐那年大正告终，只有十四年历史。后来的我们看见银幕上昭和年代大日本陆军齐齐抱着枪观赏京剧什么的，这种"支那趣味"完全是另一回事了。

无赖派喝酒

现而今酒被拉下百药之长的宝座,近乎万恶之源了。但凡事因人而异,对于无赖派文学来说,酒的贡献就巨大了。倘若没有酒,再没有女人,恐怕日本文学史上就不会有过无赖派。

太宰治在日本战败后写了一篇《无赖派宣言》,自此有无赖派之称。他的本意是自由思想家,但是从书里到书外,一般的印象是这群作家反俗,反道德,活得很无赖。太宰治自然是无赖派的代表,却也有两面性,既写过励志的《快跑,梅洛斯》,也写《维荣的妻子》那样的无赖诗人。据说太宰有个习惯,晨起之前先要喝一杯啤酒。檀一雄说他"喝酒是大酒,醉了就恣意逗乐子,不,津轻土著的粗野滑稽。"

太宰治说:"我的半生是喝闷酒的历史"。为什么非喝不可呢？因为"我是软弱的人，不喝酒，一本正经地交谈，三十来分钟就累得要命，卑屈地惴惴不安起来，觉得受不了。""一喝酒，就得以遮掩心情，即使胡说，内心也不那么反省了，大有助益。"

他爱喝日本酒和威士忌，一升装的日本酒能喝一瓶。喝多了，也不说我醉欲眠君且去，当场而卧，这倒是榻榻米上生活的便利。这样的酒徒居然还写过《讨厌酒》："我讨厌平常买酒放在家里。灌满有点混浊的黄色液体的一升瓶怎么也有不洁、卑猥的感觉，可耻而碍眼。只要是厨房角落有那一升瓶，就好像整个狭小的家都黏糊糊混浊，一股子酸甜的怪味儿，觉得有点儿内疚。"要款待三个久别的老友，买来三瓶酒放在厨房里，"看见就无法平静。如同犯下大罪，心中的不安、紧张达到了极点"。

这种讨厌更像是去酒馆喝酒的借口。日本人好聚饮，独酌是不大高雅的，所以酒馆总那么热闹，即便在经济依然不景气的当下。出人意外的是，太宰治"酒一醒就非常后悔。简直想倒在地上哇地大声叫喊。心怦怦跳，坐立不安，有一种说不出来的凄冷。想死。"怪不得古人说，但愿长醉不复醒。

坂口安吾是无赖派的另一位代表，夫人曾回忆：酒也不是普通的喝法，这么仰起脸灌进去呀。他说不是喜好酒的味道，靠酒才写出好文章。战败之初，东京喝的酒主要私酿劣质酒，叫"糟取烧酎"，三合(十合为一升)就喝倒。那时候时兴低俗的大众杂志，被叫作"糟取杂志"，意思是刊行三号(日语的号与合同音)就倒掉。坂口自己说："我讨厌日本酒的味道，也讨厌啤酒的味道。喝是想醉，憋住气，像药一样喝下去，直到醉了对味道没有感觉。"看来终归是何以解忧，唯有杜康。

织田作之助是无赖派第三位代表，在《可能性的文学》一文中写道："我目前来东京，在银座背巷的住处开始写这篇稿子的几小时前，在银座一家叫鲁宾的酒馆和太宰治、坂口安吾二人喝酒。不过，太宰治喝啤酒，坂口安吾喝威士忌，而我因为今晚要关起门来彻夜写这篇稿子，所以喝咖啡。"这家酒馆是1928年开业的，当时，法国作家鲁普兰创作的怪盗阿尔赛奴·鲁宾风行日本，1960年代以来的漫画及动画片《鲁宾三世》是阿尔赛奴的孙子，日本漫画家编造的。太宰治有一帧坐在高脚凳上的照片就是在这里拍的，居然穿马甲系领带，样子有点像三岛由纪夫。酒馆里柜台和高脚椅还在，但早已不是"文坛吧"。

传说井上靖能一边喝酒一边写稿。对于中国人来说，好酒善饮是艺术形象，古人的形象，在现实中并不是好事，斗酒诗百篇甚至是一个嘲讽。太宰治也说：酒实在是妖魔。

　　日本被评论最多的作家，可能不是夏目漱石，而是太宰治，好像谁论起他来都特别有话说，但好像没人称他为文豪。人们爱读无赖派文学，却接受不了人间活生生的无赖，因为跟自己们太不一样了，譬如酒，不是那个喝法。三岛由纪夫、石原慎太郎讨厌太宰治，公然说他坏话。三岛说："我对太宰治文学怀抱的嫌恶是一种猛烈的东西。第一讨厌他的脸，第二讨厌他乡巴佬赶时髦的趣味，第三讨厌他演出了不适合自己的角色。和女人搞情死的小说家必须风貌再严肃点。"

　　其实太宰治本人也承认："在东京生活十五年，一点也不像城市人，我就是一农民，脖子又粗又笨的。"而且，"我对高雅的艺术家抱有疑惑，否定'漂亮的'艺术家"。这好像影射了三岛。终于情死成功的半年前，他写了小说《酒的追忆》，内容是"关于酒的追忆以及以这个追忆为中心关于我过去种种生活形态的追忆"。

重读松本清张

读杂志专栏，栏目叫《再见，我的书》，台湾作家杨照谈到了松本清张，那却是令他难以割舍的。写道："松本清张，1980年代我思想困顿中的一道明亮光线。"又道："松本清张恢复了我对文学介入社会、改革社会的信心。"

由此想起自身的经历，也是在1980年代，那时编《日本文学》杂志，介绍小林多喜二等的普罗文学、战后派文学过后，与时俱进地转向夏目漱石之类名家，以及当代推理小说，首选是松本清张。理由也简单，即在于他的"社会派"旗号，被认作揭露资本主义社会。那时候乍暖还寒，有下半身作家之称的渡边淳一曾一度遭禁，后来二进宫，乃至被捧为情爱大师。

松本清张从1951年动笔写小说，时年四十二岁。起初从历史取材写纯文学，1958年改写推理小说，开创"社会派推理"，一举把向来被当作娱乐大众的推理小说提高了文学地位。何谓社会派？当时文艺评论家荒正人是这样解说的："对于认定侦探小说不是正规小说的人们，我硬要推荐这个长篇《隔墙有眼》，书中展开的奇怪犯罪富有惊悚，但不是单纯为杀人而杀人。以现代的社会恶为背景，具有十足的现实感。"清张登场，日本(侦探)推理小说史为之一新，以致有"清张以前、清张以后"的说法。当然清张以前的推理小说也破解何以至于杀人的动机，但无非为金钱、名誉、爱情等，过于单纯，而清张从社会背景来揭示犯罪动机，直指人性与组织的邪恶。有人称他是日本的巴尔扎克，"普罗文学自昭和初年以来未能实现的对资本主义社会黑暗的描写就此成功"(文艺评论家伊藤整语)。

松本清张热衷于社会派推理小说创作前后约十年，即昭和三○年代(1955年至1965年)，这正是日本经济高速度发展，被惊为奇迹的年代；1964年在亚洲第一个举办东京奥运会，1968年GNP跃居资本主义国家第二位。经济奇迹的背后潜藏着"动机"。一切向钱看，新的人际关系与价值体系还没有定型，跟上时代的与跟不上时代的，有钱的与没钱的，矛盾一味地激化，粪土生蛆般产生渎职、贿赂等"案件"。通过对犯罪的推理，深刻而犀利地暴露社会的腐败、权力的蛮横、强者的无人性，揭示政治、社会体制的结构性矛盾，为历史存照，读松本清张就是读日本史。从本质上来说，推理小说也无非惩恶扬善，但一个案件解决了，不等于解决了社会的根本问题，问题犹在，下一个案件的发生几乎是可以期待的。经济完成了转型，发展趋于稳定，激荡的年代过去了，而清张本身的兴趣与关注也更加多歧，揭秘昭和史，索解古代史，对历史的推理胜过了文学推理。

清张出身贫寒，只上过小学，却是在高学历成堆的报社做事，半生遭冷眼，从郁积的怨恨中形成了独自对社会大加鞭挞的思想，发而为文。他议论过芥川龙之介、三岛由纪夫、大江健三郎，指出三人的共同之处是素材的人工性。说大江健三郎"压根儿不是所谓左翼，不是所谓进步文化人的类型。从学生一下子进入作家生活，所以，像《死者的奢华》那样的感觉性文章是本来的大江健三郎。可他偶然采用反美的素材，可以说这是为小说而采用了素材，并不是从他的思想走到了那里"。《死者的奢华》是大江健三郎上大学时创作的短篇小说，崭露头角。在清张看来，文学需要有扎根于生活的思想，然后才形诸文字。这三位作家没有生活经历，只能在头脑中制造人生，所以他们的文章是"人工的"，用当下的网语来说，就是"装"。三岛瞧不起推理小说，甚而顽拒把清张收入日本文学全集，但他的《金阁寺》用社会派推理小说的手法探究犯罪动机，不是很有点"清张式"吗？

从积累了半生的实际生活中挖掘素材，清张似以此自负。不过，作家或许本来有两类，一类靠生活，一类靠想象，也就是编造生活。以近年获得芥川奖的作家为例，田中慎弥高中毕业后就关在家里写作，靠母亲养活。他写性，写女人，但除了他妈，在见到女编辑之前，几乎只接触过便利店女售货员。西村贤太初中毕业后在社会底层干种种营生，所写完全是本人的经历，甚而担心同居过的女性告他把人家原封不动地写进小说里，这也就是所谓私小说。

1964年4月1日，日本人出国旅游自由化，但一年限一次，只能揣五百美元。十年后，出国旅游大众化。啥时候咱也出国去逛逛，这想法大大改变日本人的意识。当年4月12日清张第一次出游，翌年赴海外取材，创作了《沙漠的盐》。这是有妇之夫和有夫之妇去沙漠里情死的故事，有点像渡边淳一所嗜好的题材。案件中少不了二奶小三，但清张一向对性的描写很克制，这就是作家的资质。小说不是要起到春宫图的作用，床上戏是情节需要之类说法也近乎扯淡。故事是人编的，没有哪个场面非要不可。

一个作家大概要经受三种评论，在世时读者的褒贬、媒体的盖棺论定、研究者的历史评价。松本清张说，自己出道晚，剩下的时间全部都用于作家活动。到1992年去世，四十年间写了十多万张稿纸，全集有六十六卷之多。三十年前读松本清张似乎早了点，大概当下读，正当其时也。

井上厦的品格

日本文学有三个流派。

文艺评论家平野谦在1970年出版的《昭和文学备忘录》中论说：昭和初期(元年为1926年)文学界最大特征是三派鼎立，即无产者文学、新感觉派文学、惨遭这两种新兴文学夹击后成功地收复失地的私小说。这大概是封建的生活感情、资本主义的生活方式、社会主义的生活志向能多层存在的日本特异的社会构造在文学上的反映。

2010年4月9日井上厦病故，文艺评论家、小说家丸谷才一致悼词，认为这个模式照样适用于当下的日本文学。现代主义文学相当于新感觉派，代表作家是村上春树，爱写身边事的大江健三郎属于私小说，而继承无产者文学的最好的作家非井上厦莫属。

丸谷才一的说法,应该最不成问题的是前卫而清新的村上春树,把大江健三郎归入私小说,倘若只知道田山花袋嗅女弟子盖过的棉被、岛崎藤村使侄女怀孕之类的小说,就不免莫名其妙,至于无产者文学,这个词听来很有点过时,何况由生前担任日本笔会会长、日本文艺家协会理事、日本剧作家协会理事、十几种文学奖评审的井上厦一脉相承,更像是玩笑。

日本文学史上,从1921年杂志《播种人》创刊,到1933年无产者文学的旗手小林多喜二被警察拷打至死,共产党员们纷纷声明转向,第二年无产者作家同盟解散,无产者文学兴衰十三年。除了熟读日本古典的中野重治之外,无产者文学虽然内容是进步的,但若从日语文学的角度,则难以说好。很多作品类似私小说,当然不是写和酒馆女招待的恋爱,而是写逃避警察的地下斗争。小林多喜二的《蟹工船》是无产者文学的代表作,被多国翻译,在日本文学史上堪为破天荒。2006年有出版社改编为漫画,很像是跟不上时代之举,孰料经济长久不景气,贫困层扩大,年轻人捧读这漫画,大有历史惊人地相似之感,原著也借势风行一时。漫画书腰上只印了井上厦的漫画像和一行字:推荐本书。

丸谷才一说:井上厦矢志不渝地反逆权力,总是站在弱者一边。

　　井上厦其人其作的品格首先是得自家传。他生于1934年。父亲和小林多喜二同辈，在故乡山形县开药店，还办了一个叫黎明的剧团，借以秘密发行《战旗》《赤旗》等共产党刊物。三次被捕，最后遭拷打，以致患病身亡，享年三十四岁。推理小说家松本清张比小林多喜二小六岁，当年也曾因购读这类刊物坐过牢。父亲去世时井上厦五岁，作为"共党小崽子"不被人待见。小学毕业后耽读父亲遗留的藏书，最喜爱《莎士比亚全集》和《近代剧全集》。井上厦说过：对于他来说，无产者文学就是父亲热衷的小说、杂志、戏剧等的总体。无产者文学中水平高的作品非常有意思，今天的年轻人应该先读读这些作品。

　　父亲写小说和戏剧，这个志向完全遗传给井上厦，他要实现父亲没有实现的梦。高中三年间，看了一千部电影，而且像父亲一样热衷于投稿，时见刊登。十九岁考入上智大学德文学科，休学工作了两年多，又入学上智大学法文学科。半年后，给脱衣舞剧场"法兰西座"当文艺部员，决心这辈子从事戏剧。二十四岁时所作《护士的房间》上演，《悠悠忽忽三十、晃晃荡荡四十》获得文部省主办的剧本奖，并开始为NHK写广播剧。三十八岁那年，以《道元的冒险》获得岸田戏曲奖，以小说《手锁心中》获得直木奖，从此，小说、戏剧、随笔、评论等遍地开花。1981年随笔《私家版日本语文法》和小说《吉里吉里人》畅销。

1964年为NHK写的广播剧《吉里吉里独立》播放三十分钟，引起了轩然大波：当此举国为亚洲头一个办奥运会而狂热之际，居然心怀不满闹独立。其实，早在大学毕业之初的1960年井上厦就已经构思，那时候稻米能自给了，政府颁布农业基本法(被称作农业宪法，1999年废除)，令他愤怒：日本刚复兴，中央就把地方当包袱，那么地方干脆独立好了。大约十年后，《吉里吉里独立》发展为《吉里吉里人》。井上厦是东北人，那里确实有一个吉里吉里，在岩手县的大槌町，2011年3月11日也遭受大海啸袭击。东北具有自古层层积累起来的独立性很强的文化，为这部长篇小说的创作提供了高雅的精神与市民感觉。小说里的吉里吉里村有四千一百八十七人，粮食百分之百自给，医疗技术是世界最高的，由于对日本政府失望，宣布独立。没有核电站，地热发电，农业立国，医学立国，好色立国。井上厦从不考虑大众文学与纯文学之分，《吉里吉里人》既获得奖赏纯文学的读卖文学奖，又获得娱乐文学的日本SF大奖，雅俗共赏，就这一点来说，与村上春树的小说如《1Q84》有共同之处。

不同的是，井上厦小说有思想，有现实意义，出言谐谑，直刺日本国体制与政策的荒谬。

井上厦的品格还得自高中所受教育。《青叶繁茂》后记中有道：战败后几年里，从初中升高中期间，笼统地说，日本列岛上有三种大人。第一群大人认为，我们大人做错了。把错误亮在孩子们面前，把国家的未来托付给他们。第二群大人做出很乖的样子：我们是不会有错的，但现在处于联合国军管制之下，申说也没用。暂且屏息潜身，等待上台的机会。第三群瞪圆了眼睛：今天有没有吃的，多半大人是这第三群。庆幸的是，我上的仙台高中，老师大部分是属于第一群的大人。

第二群人果然等到了时机，不可一世，而井上厦写《青叶繁茂》就是要记下第一群大人的时代，也就是他本人的少年时代。他曾答冲绳记者问："冲绳总像是萦绕我。日本的战争领导人决断太晚了，冲绳发生了那么惨的事。真的是'圣断'，就该在冲绳、广岛、长崎都没有发生时做出。""我从小有日本的种种辛酸都让冲绳人承受了的想法，也不无我们在东北乡镇吊儿郎当过活的内疚、自卑，所以想一直写那些同为日本人却吃了那么大苦头的人们。"

不囿于书房，不限于舞台，付诸行动，似乎是无产者文学的传统，井上厦就是一位社会活动家，而且以平民的感觉行动。去世前一年，谈及《吉里吉里人》的创作动机，他指责"日本人为什么不认真考虑大米和宪法？"这两者是他一辈子运动的主题。1987年把七万册藏书捐赠给故乡，设立图书馆"迟笔堂文库"，随后开办生活者大学校(意为消费者和生产者不是对立的，同为生活者)，每年举办一次讲座，以农业与粮食问题为主。抵抗美国压迫日本稻米自由化，他写过《大米讲座》，呐喊日本的米、日本的水田危险了。2004年他和梅原猛、大江健三郎、小田实、加藤周一等人发起成立"九条会"，呼吁"日本国宪法第九条不能改"。

　　生前最后完成了剧本《组曲虐杀》，把小林多喜二被虐杀搬上舞台，井上厦对今生大为满足。死后，小说《一星期》出版(从2000年连载至2006年，未及修改)，主人公小松修吉，这名字显然寄予对故乡是小松町的父亲井上修吉的追思。大江健三郎说：井上厦晚年的戏剧工作质与量都可惊，但作为小说家，莫非对创作能匹敌壮年时期的杰作《吉里吉里人》的长篇已经绝了望？然而，死后寄来了长达五百页的新作《一星期》校样，这无疑是井上厦晚年的杰作。

　　井上厦好读书，书评也独具慧眼。他说：世上有两种人，没有书也能活的人和不能的人。

教科书中的太宰治

松本清张和太宰治同年,又同样著名,2009年日本纪念这两位作家诞辰一百年,造势很不小。有调查统计,最初读他们的作品,小学时代读清张为1%,中学时代13%,读太宰小学时代多达25%,中学时代35%。倘若有时间,想读太宰的为35%,清张为36%,不相上下。

这两年掀起一波太宰热,原因种种,其一恰好他死后过了五十年,著作权解消,作品可以随便印,多家出版社就赶着纪念他。不必花钱买版权,恐怕这也是我们热心翻译太宰治小说的原故罢。他擅于用说话的腔调,罗列单词,频繁断句,仿佛跟读者个别谈心,读来有点像当今的网文(网络文章),也是其魅力所在。不过,要说最根本原因,恐怕是教科书。

1948年太宰治开始写《古德拜》(*Goodbye*),笔调是幽默的，但分量才够报章连载十三回，就搁笔跟情人投水了，尸体被找到那天正好是他的生日，享年三十九。1955年筑摩书房出版太宰治全集，翌年《快跑，梅洛斯》被选入中学二年级国语教科书，贴上了友情与信义比生命更重要、梅洛斯的行为为高尚而美好的标签。1997年以后，所有的中学教科书都采用这篇寓言式小说。这就难怪被调查的人们最初读的作品，松本清张的主要是《点和线》《砂器》，太宰治多数是《快跑，梅洛斯》。享誉世界的大作家村上春树在希腊跑马拉松，也觉得"这简直像'快跑，梅洛斯'，确实是跟太阳的竞争"。

和村上一样，梅洛斯也要跑四十公里，太宰治写道："太阳缓缓沉入地平线，最后一抹残光也即将消失的时候梅洛斯疾风般冲进刑场。赶上了！"原来梅洛斯决意除掉暴君，只是有决意而已，就被逮住了。暴君说："我也希望稳定嘛。"他反唇相讥："为了什么的稳定，为了维持自己的地位吗？"于是被处死。死到临头，蓦地想起自己大老远进城来购物，是要给妹妹办婚事，立马换了一副语言（原文会话换成了日语特有的敬语表现），恳求暴君宽限三天。谓余不信，可以拿友人当人质，第三天日落不回来受刑就绞死他。现在他终于克服了重重阻碍，及时跑回来了。

《快跑，梅洛斯》是所谓青春文学，抒发了正义与友情的道德性主题。日本文学以及东方文学在描写西方式爱情以前,本来的主题是友情,而今友情几乎只活在武侠小说里了。可是,梅洛斯的友情是什么样的友情呢?随心所欲地革命,却为了一己之私,未征求友人同意,擅自用他的生命为自己的人格和信誓担保,虽没有替死,至少也遭受三天罪,尤其是心理的。分明置人于险地,反倒变成了拼命救人的英雄,岂非怪事。这样的行为与暴君实质上别无二致,可谓暴民。

这篇小说是借用席勒的诗《人质》创作的。太宰治的挚友檀一雄记述了一个逸话:跟太宰治去热海玩,身上没钱了,留下一雄当"人质",太宰去找钱,却杳如黄鹤。一雄被人跟着回到东京,在井伏鳟二家找到太宰。作家其人不能与其作画等号,但是像其他作品一样,《快跑,梅洛斯》也让人油然联想太宰治的为人行事,譬如芥川奖事件。太宰治因毒瘾而负债,非常想得到芥川奖,用奖金还债,但未能如愿。本来很自负,以为大家都会捧着他,不料川端康成批评他生活不检点,立刻跳起来骂川端是大坏蛋。后来却又写信给川端康成和佐藤春夫,恳求给他奖,给他希望和名誉,还是落空了,便在小说中攻击评委们。从日本文学史来说,芥川奖未奖给太宰治和村上春树倒也是两大遗憾。

太宰治师事作家井伏鳟二。他两度自杀,两度情死,都死里逃生,以致人们疑惑他是否真想死,只怕第三次情死成功也并非所愿,起码从《古德拜》来看,不是为江郎才尽。与第一任妻子情死未遂后离婚,井伏邀他到富士山下写长篇,并为他做媒。婚后生活检点了,精神安定,《富岳百景》《快跑,梅洛斯》《女学生》等作品的色彩也明亮。《富岳百景》里出现井伏,他在一座山头郁闷地放了屁。对这个描写,井伏认为不符合事实,他不曾放屁,要求订正,但太宰用敬语说他就是放了,而且是两个。日本的文学作品常常像日语有真名(汉字)和假名(字母)一样真假相混。井伏觉得太宰最好的作品是《维荣之妻》。战败后二人疏远了,最后太宰治在遗书上冷不丁写了一句:"井伏是坏蛋。"也许这就是无赖派的反俗罢?他在《正义与微笑》中写道:"没有谁在我的墓碑上刻下这样一句吗:他最喜欢让人高兴!"太宰治用文学做到了这一点。

梅洛斯的行动使不能相信人的暴君相信了信誓绝不是空虚的妄想,当梅洛斯与朋友相拥而泣的时候,民众却是为国王欢呼万岁。小说怎么读,完全是每个读者自己的事。例如某地有人犯经济罪,请求为母亲奔丧。来去两天,一觉都没睡,按时赶返回了牢房。检察官不由地想起《快跑,梅洛斯》,惭愧自己起初还不想让他去。画家安野光雅对梅洛斯的做法不以为然，认为那是装英雄，其实他应该骑马去，哪怕盗匹马。安野画绘本很有名，也装帧图书，知识广博。

《快跑，梅洛斯》有多种版本，还画成绘本、漫画，据之改编的动漫也得到政府文化教育部门的推荐。在课堂上读太宰治，还有《富岳百景》，为多数高中国语教科书选用。从选用率来看，这篇文章排在夏目漱石《心》、中岛敦《山月记》、芥川龙之介《罗生门》、森鸥外《舞姬》之后。

池波贺年片

小说家一旦出了名,在日本,往往就要写随笔什么的,以应付纷至沓来的稿约。随笔难免不写到小说家本人的日常,读来可聊为满足吃了鸡蛋还想看看老母鸡的心理。但是像池波正太郎那样随笔也写得好的小说家不多见。这只老母鸡好吃,写了不少吃食随笔,又好看电影,写了不少近乎评论的电影随笔。他还有一好,那就是好写贺年片。

贺年片,日本是写作"年贺状",而明信片写作"叶书"。明信片在我国似乎终于未发达,日本却常用,信箱里几乎每天都塞进三两张,例如今日有一张是一家叫"禅"的涮牛肉馆子宣传又有新吃法。日本展览多,必印制整个展览的目录以及展品明信片,乃至有旧书店专营展览会目录。每看完展览,我总要选购几张明信片,寄送同好,剩下的就貌似收藏家把玩。

一到年底，日本人就要忙两件事：开忘年会(不是忘年交的忘年，而是要忘掉这该死的一年，明年会更好)，写贺年片。记得20世纪60年代初，中小学的同学们自己画贺年片，互相赠送，后来这种事统统被"文化大革命"横扫了。日本人不革命，贺年片从战前写到战后。这玩艺儿应该是古已有之，虽然早年不是片，而是信。著有《南总里见八犬传》的曲亭马琴是日本第一个靠稿费营生的作者，他在1832年的日记里记述过。日本办邮政始于1871年，两年后发行明信片，价廉易举，很快形成了寄送贺年片的风习。如今电脑及网络更便利，绝大多数人却固守旧习，主要是认为发电子邮件拜年不礼貌。2011年元旦邮局递送贺年片20亿8100万张，2012年贺年片已经从11月1日发售，预计印制38亿张。

关于贺年片，池波正太郎翻来覆去写了好多次，譬如有一篇就叫《贺年片》，写道：

> 因人而异，就我来说，写小说度日，和人们的交际怎么也疏忽了。
>
> 年轻时毕竟有交杯换盏的朋友，应酬的时间还是比现在多。但随着上年纪，这种事渐渐成了麻烦，

不仅酒饭的应酬,譬如讲演之类被邀请,也是到十来年前为止一年去七八次,近来几乎都拒绝。

前几天也和给我的小说画插图的风间完先生谈过,到了我们的年龄,已知道去向,所以自己的时间有多少也不够。我从年少时就喜好活得自由,而且靠自己喜好的工作营生,因而没什么懊悔,但随着年龄增长,年轻时连想都没想过的心相世界接连展开,可有趣极了。

我从小爱画画,少年时代曾梦想画插图过活。居然到了这个年龄,给自己的小说(在《周刊文春》上连载)画起了插图,所以世上真不知会发生什么。

因工作去了趟法国,这就着了迷,六年里五次转悠了法国、西班牙、比利时,同时一直睡着的画心蓬勃而起,用水彩、粉蜡笔画画了,别有乐趣。由于这样的原故,和人们的交往越发疏远了。

和同行们相比,我写信属于比较勤的罢。毕竟每天趴在稿纸上写是工作,所以写其他东西无论如何也厌烦了。却唯有贺年片按照自己的意思用心做。

过了年不久,画来年贺年片的图案,送到印刷厂。印出来大约是3月间。

"怎么说也操之过急。""太急躁了。"这类声音也传入耳朵里，但不这么做就来不及。年末写超过一千张的贺年片怎么也写不完。用工作空闲，五张、十张地写下去，不知不觉之间，从春到夏，从夏到秋。

写这篇稿子是12月1日，昨夜已经写完了全部贺年片。12月开始新连载，其他事情也非常多，对于我来说，这正好。

贺年片无论如何也想在元旦寄到，所以12月开始受理那天必定拿到邮局去。

贺年片收到高兴，寄出也有趣。一直写过来，但或许再过三四年，我更想要自己的时间，就不做贺年片了。

我害怕会那样。

虽然只是写姓名地址，但要写一千多张，那就不容易了。对于小说家来说，写贺年片应该是有益的。看见快忘掉的名字，便想起其人其事，或许就写进小说里。池波小说《鬼平犯科帐》十七卷总计三千五六百个人物登场，光是给他们起名，做到不重复，很需要费一番脑筋罢。稿子写累了，写几张贺年片权当小憩，倘若用毛笔，还可以练练字。池波说："用心于这么鸡毛蒜皮的俗事,简直是我写武士小说的基盘,所以我生于俗,沉浸在世俗中过活。"写活俗世,写出人情味,这正是池波小说的特色。

他好酒,烟也不离口。贺年片上画的十二属相或者叼着烟,或者摆了酒,画的是他自己,谁收到都会不由地微笑,过上一个好年。池波卒于1990年5月3日,或许死前已写了一些。家属曾担心,一旦人死了,不就白写了,池波说:死了也不妨寄出去嘛。他觉得十二属相最难画的是辰龙巳蛇,明年是龙年,会像他画的那么张牙舞爪么。

作家固穷

作家似乎是很来钱、来钱很容易的行当。大泽在昌当初就这么想，1978年，他二十二岁以《感伤的街角》得奖，从此出道，但一连写了二十八本小说，本本都没得重印，苦熬十载，直到1990年描写警察内幕的小说《新宿鲛》问世，才打开了销路。苦尽甜来，过上了三G的日子：银座、祇园、高尔夫，这三个G字打头的词代表了高档的吃喝玩乐。

大泽在昌当日本推理作家协会理事长三年，2009年由东野圭吾接任。东野是当下最走俏的推理小说家，但他本人应记得，1985年得奖后辞职，专事写作，十年无销路，1996年被列上推理小说年度排行榜，这才打了翻身仗。

东川笃哉二十六岁辞了工作，长达八年，每月打一点工维持生活，大部分时间则用于写作，2002年出版了一个长篇小说，总算是当上作家。2010年10月出版《解谜在晚餐之后》，初印7千册，一年后卖了180多万册，位居2011年图书销售量之首。见好又出版续篇，也已经卖出60多万册。顺便一提，村上春树的《1Q84》第一卷卖出152万册，第二卷122万，第三卷90万。

什么行当都不乏成功者，却终究是少数。女作家林真理子担任日本文艺家协会常务理事，负责入会委员会，据她说：三分之二以上的文字工作者年收在三百万日元以下(官厅统计，上班族平均年收约四百万多一点)。那么，为什么作家总给人以大款的印象呢？林真理子认为，原因在于收入居前五十位的作家里，有那么十来个活得很潇洒。吃了，玩了，又写出来卖钱，良性循环。

芥川奖2011年下半年奖给两个人，一个叫圆城塔，又一个叫田中慎弥。成为话题的是田中，他"讨厌学习，基本上没心思工作，能做的事情就是用日文读读写写，所以只好干这个"。高中毕业后没打过一天工，靠母亲养活。每天8点钟起来伏案，整日不出门，睡前喝点酒，翌日继续写。没有电脑，没有手机，先用2B铅笔写在挂历之类废纸上，然后用稿纸誊清。"天天为活着而写"，写了十五年，2005年获得新人奖。坐几个小时火车来东京领奖，但不知怎么走，编辑只好到站台上来接。他已得过川端康成文学奖、三岛由纪夫奖，看来是相当有实力的作家。

2010年下半年获得芥川奖的西村贤太生于1967年，初中毕业生，学历比田中慎弥还要低，毕业即从事体力劳动。他写的是自己那些事，日本叫私小说。问他：地震、核电站事故对你这样的私小说作家也会有影响吧？答曰：完全没影响，说得难听点，这时候从东京拿了出版社的钱去灾区，无非找素材罢了。

芥川奖是文学家菊池宽创设的，他曾告诫年轻人，不要急于写，应该先生活，有了人生历练之后再动笔。芥川奖评委石原慎太郎也批评年轻作家，没写出自己人生的现实感。而且忍无可忍似的，宣布不再当评委，说是丝毫没刺激，净是些无聊作品。他是1956年获得芥川奖的，小说《太阳的季节》很刺激了当时的评委及文坛。自1995年，当芥川奖评委十八年，恐怕也到了难以被刺激的年龄。菊池、石原们的说教早已没有刺激性。小说里的人物都拿着手机，但作者东川笃哉本人却没有，以致忐忑写错了用法。那些高档菜肴写得像模像样，其实他见也没见过，都是从图书馆的书本上看来的。

田中慎弥写的是一个和父亲及其情人一起度日的十七岁

少年，憎恶父亲对情人施加暴力，但觉悟自己身上同样潜伏着暴力冲动，不禁自我憎恶，以至绝望。他生于1972年，四岁时父亲去世，母子相依为命。对父亲几乎没什么记忆，他说：我欠缺本应该当然存在的父亲，就是以这种感觉活过来的。也许欠缺的部分关系到自己的创作，但不是要填埋欠缺，而是用欠缺的感觉写。他不跟人接触，和女人说话，除了母亲和女售货员，那就是责任编辑，是女的。电视上看他出台答记者问，面无血色，如坐针毡，让人不由地相信他的话：作家写就行，如此而已。

历代作家都不乏"贫穷故事"，谷崎润一郎也写过《我的贫乏物语》。2006年病故的吉村昭曾四度入围芥川奖，终未如愿，自省"不顾家庭生活写小说，这种自私的生活方式最该唾弃"，于是他一边做工一边写，但文学梦在日复一日的生计中动摇，令他不寒而栗：这样做，离开文学的人多得不可胜数罢。或许作家就该受些穷，敢于穷，甘于穷，才能有文学。可是，在贫困生活中坚持写下去，终于有出头之日，想来也绝非易事，尤其在当今。

江户美食

游东京，购物之余，如果还想逛逛胡同，下下小馆子，发一点思古之幽情，那么读两个人的书应该是有益的，永井荷风和池波正太郎。永井的随笔（川端康成甚至说，永井的小说杰作《墨东绮谭》其实是随笔）如《东京散策记》，写的就是他拿着江户地图游走老东京，但他不是美食家，几乎不谈吃，谈吃的是池波。

池波正太郎是时代小说家。所谓时代小说，大都以江户时代为背景或舞台，那是武士的时代，士农工商，武士之士是领导阶级，即便写市井，一般也少不了武士的身影，故译作武士小说，以免中国读者对时代二字莫名其妙。有文学评论家说：日本男子汉应作为嗜好读一平二太郎；一平是藤泽周平，二太郎是司马辽太郎和池波正太郎。司马说过，他爱读池波的《鬼平犯科帐》等作品。藤泽说:"用我这样的方法写我写的世界的作家今后还会出,但能够用池波描写的世界及同样方法写的作家不会再出现罢。"

池波卒于1990年,司马和藤泽也相继于1996、1997年去世,当今武士小说及历史小说尚未出现足以与他们比肩的大家。1988年池波获致菊池宽奖,理由是"创作出大众文学之真髓的新形象,在武士小说中活写了现代男人的生活方式,赢得读者的绝对支持。"日本战败后他就职东京都卫生局,到处喷洒滴滴涕,业余写剧本,得到小说家、剧作家长谷川伸的知遇,这位恩师又鼓励他写小说。五次入围直木奖,被吉川英治赏识,但反对者认为池波未突破吉川英治们定型的模式。1960年终于以《错乱》获奖。莫非出于成见,前一年大捧司马辽太郎获奖的海音寺潮五郎仍然不赞成,说池波很会编故事,但冗长乏味,有点像老城区的小话剧。川口松太郎力荐,说:直木奖的目的不在于颁奖,重点是培养后进作家。也许还是三流,但给了奖,将来就可能成为一流作家。一语成谶,池波进入70年代,何止一流,而是超一流。不过,每个月挥洒稿纸(四百格)五百张,似也难免小说匠之嫌。

手捧菊池宽奖,池波还想起四十年前,他见过菊池宽一面。池波出生在关东大地震的1923年,土生土长的东京人,小学毕业后学徒，还当过炒股行的伙计。一日，在高级餐厅的门口瞥见一美女，因为从小就爱看电影，甚至成为流行作家以后也每月看十五部，所以知道那是长得很洋气的某女优，但更让他兴奋的是旁边的男人，五短身材叼烟斗，竟然是从杂志上见识的文坛大佬菊池宽。似乎这场景也成谶，池波不仅是小说家，还是美食家、电影评论家。

关于美食的随笔，结集有《食桌情景》《昔味》《散步时想要吃什么》等。谈电影也时常谈及吃。池波小说有三大系列，即《鬼平犯科帐》《刀客买卖》《杀手梅安》，并不用一种史观来把握大局，而是具体地描写人生活在那个时代的日常。或者自炊，或者外食，随处写到吃，细致而巧妙。譬如天大黑以后，杀手梅安就和搭档彦次郎把砂锅架在火盆上，用蛤仔和萝卜丝煮汤，一边趁热吃，一边漫不经心似地讨论怎么杀人。平常的庶民生活，温馨的人情味，把杀人的残酷也朦胧了，这是池波小说的魅力所在罢。

池波爱吃，冬天里几乎天天吃小火锅：浅底小锅里倒上用海带香菇等煮好的汤，把蛤仔和白菜略微煮一下，捞到小碟里蘸柚汁吃。他爱吃荞面，据说《刀客买卖》里写了二十多家荞面馆。以池波小说的印象为背景，便恍惚觉得他随笔的美食有一种江户情趣，而小说借真实的随笔记述仿佛也有了某种现实感。从随笔能窥见池波的生活，也可以领略他的人生观以及美学。受其诱惑，我去过银座新富寿司店、神田松屋荞面馆，味道确实好，价钱也不贵。但他说不喝酒就不要进荞面馆，可我虽好酒，也信奉敝乡的饺子就酒越喝越有，却受不了荞面馆酒菜的俭啬，即便是若水的清酒。

对于池波来说，吃是一个乐趣。吃的快乐在我们知道的快乐中占一大部分，主要是因为我们知道不吃则死。吃是生的快乐。医生让人想吃什么吃点什么，那就是最后享受一下生。说来只要有材料和手艺，老店的味道就能够一如既往，但吃客难以保持口味不变，美食总是在记忆里。池波时常写记忆中的美食，例如："这也是小时候母亲经常给做的，就是炸茄子。不同之处只是把土豆换成茄子，喝生啤很对路。"我也不禁想起小时候母亲给做的炸茄盒，中间还夹着肉馅呢。就吃来说，通常有三种人，一是做，艺术创作者，二是吃，欣赏艺术，三是品，充当批评家，可能是美食家，但也可能只是妙笔生"味"，把吃批评得没法吃。池波在小说里写吃不离谱，好像谁都做得来，吃得来。吃喝追求高档或稀罕是一种猎奇心理，吃自己爱吃的才真是幸福。池波写的吃也有颇贵的，但好像多是被当作传统要价了。

池波写男人，也爱用老东京人的禀性对男人说教，写有

《男人的系谱》《男人的作法》等随笔。但他说"如果松坂牛肉是精心饲养的处女，那么，这里的伊贺牛就是厚厚上了一身肥膘的半老徐娘"，恐怕对女人就有点失敬了罢。池波的三大系列是一系列短篇，此外他还有一个真田系列，取材于信州(今群马县)的松代藩藩主真田家三代的历史，如获得直木奖的《错乱》。《真田太平记》是长篇小说，在周刊杂志上连载了九年之久。池波死后，由长年帮他收集资料的旧书店老板倡议，信州建立了"池波正太郎真田太平记馆"。

宫本辉其人

宫本辉是独生子。

1983年9月他参加水上勉率领的日本作家代表团访问中国,成员还有中野孝次、井出孙六、黑井千次,他年龄最小。两周的行程,中国作家邓友梅一路陪同,对宫本辉的印象是:有时像一个装大人的孩子一般乖,有时天真烂漫,甚至很任性。黑井就叫他"独生子女"阿辉。水上勉开玩笑:没有兄弟姐妹,独生子就会是"少爷",阿辉是"恶少"。宫本辉回嘴:"少爷"有富的,有穷的,我可是穷少爷。

长篇小说《春梦》的主人公井领哲之是独生子,一个穷学生,写照了宫本辉本人的青春时代,这从他早期撰写的随笔能得到印证。他在随笔《二十岁的火影》中写道:父亲死是我二十二岁的时候。他有女人,事业失败就躲到那里去了,家里一分钱进项都没有。有一天深夜他悄悄把我叫到外面，父子对饮；我才二十岁。父亲醉了，又下起雨来，我只好把他送到女人那里。女人不在，父亲说"灯绳断了，给我把灯点上"。灯亮了，大红的长汗衫立在眼前，吓得我大叫一声。原来是挂在墙上的。屋里飘起了女人的气味，不知为什么，我对父亲的憎恶一下子消散。

在《春梦》里，父亲死了，留下一屁股债，母亲住在干活的店里，哲之搬进破公寓。房东失误把电弄断了，哲之摸黑在柱上钉一颗钉，挂上女友阳子送的网球帽。第二天早上发现一只蜥蜴被钉在柱子上。蜥蜴失去了自由，本能地活着，而且是人让它活下去，人还自以为仁慈。一个人活着，身上就钉上一个乃至几个钉子，自由被限制。一旦钉子跟身体长在了一起，就像那只蜥蜴，最后连内脏也一起拔出来，这钉子拔还是不拔呢？

回家的路上，宫本辉"想象那红沁眼底的长汗衫，沉入晦暗悲哀的情绪里"。这种情绪充溢在宫本文学中。日本文学的主流是日本式抒情，宫本辉作为难得的继承者充分发挥了感性的鲜活与幽深，以致被贴上"古风抒情派"的标签。他的小说里没有大事件，没有悬疑，娱乐性要素很少，几乎完全靠文字引人入胜。文字入眼，头脑里就历历浮现那场景。即便场景黯然,文字给人的感觉也总是那么清亮。

《春梦》是所谓青春小说,这类小说大都要励志,例如那父亲教训儿子,让他当作遗言听:"人里面,有的家伙有勇气但耐性不够,有的家伙光希望,没有勇气,也有的家伙有勇气有希望,不次于别人,却立马就灰心丧气,还有很多家伙一个劲儿忍耐,什么也不挑战就过了一辈子。勇气,希望,忍耐,只有始终拥有这三样的家伙能登上自己的山。缺哪样也成不了事。"

宫本辉生于1947年,属于看漫画长大的一代。初中二年级时,有个年轻人把井上靖的《翌桧物语》借给他,不好意思拒绝,就拿回家,也就丢在了一边。这本小说被视为井上靖青少年时代的自传。翌桧,又叫罗汉柏;传说翌桧天天想着明天成为桧,明天成为桧,却终于没能成为桧。人也具有这种凄美,盼望成长、发展,却未必能如愿。大概翌桧变成桧,也需要勇气、希望与忍耐。某日,母亲吃安眠药自杀,总算救过来,宫本辉大哭一场,睡不着觉,翻开了《翌桧物语》,不知不觉地读到天明。这是他第一次读大人读的小说。"母亲自杀未遂事件也许把某种透明的感性给予了那时的我。"小说的世界真精彩,一发而不可止,很快读完了学校图书馆入藏的小说。跟母亲上街,遇见摆摊卖旧书,五十日元十册,央求母亲买,他有了自己的书,翻来覆去读。其中有陀思妥耶夫斯基的《穷人》,让他二十年后写了《锦绣》。这十册文库版书籍至今摆在他早已阔起来的书架上。

二十五岁的时候突然得了奇妙的病,浑身起鸡皮疙瘩,冒冷汗,喘气困难,陷入死亡恐怖和发狂恐怖之中。诊断为神经官能症。某日在书店里避雨,翻阅杂志上登载的短篇小说,觉得没意思,倘若我来写,一定更有趣,像电击一样,突然决心当小说家。也许发了狂,有妻有子没有钱,竟辞掉工作。应征新人文学奖,接连不中,家里却是又添丁。靠储蓄和失业保险勉强糊口,妻说:要是得了芥川奖,给我买好多衣服,宫本把胸脯拍得啪啪响。

两年后,有个叫池上义一的人,编辑一本同仁杂志,从哪里听说了宫本,邀他参加聚会。把两篇作品带给池上,分手后三个来小时,他打来电话,说:你很能写呀,有才能,说不定是天才哩。得知宫本度日维艰,池上让他到自己的公司工作,其实那公司不过是个体户。一边工作一边写小说,通宵达旦,第二天上班偷懒,池上也只当没看见。写出了一篇,池上严加批评,抹掉了开头的十行,垂头丧气的宫本却豁然开朗。一连改七遍,这就是《泥之河》,获得太宰治奖。再接再厉,下一篇《萤川》获得芥川奖。接着被编辑鼓动,又写了《道顿堀川》,构成"川三部曲"。已绝版的筑摩书房1985年限定精装版《川三部曲》扉页上,他题写了"某日,川开始讲无数的故事"。从描写父与子出发,这三部曲是宫本文学的基点。《泥之河》写的是1956年大阪,主人公九岁,小学时代;《萤川》是1962年3月末的富山县,主人公十五岁,中学时代;《道顿堀川》也是大阪,1966年,主人公十九岁,大学时代。宫本辉说:"文学的最后主题就是生与死,没有比这更重要的问题。性欲也好,恋爱也好,即便是文学的一个领域,但人生最后,也终归是生与死。"(随笔《川,我的故乡》)生与死几乎是整个宫本文学的主题,但根柢在于对生的追求。书信体小说《锦绣》中有言:"活着和死去或许是一件事也说不定。"《春梦》中有言:"哲之做了梦。梦见自己变成蜥蜴,草丛中、石垣上到处乱爬。死了又生,多少次多少次变成蜥蜴反复生死。""正因为有死,人才能活。"

"我为什么能成为小说家?"随笔《生命的力量》中写道:"这种事没有答案。但是,把自己背负的疾病神经官能症视为自己内在的必然时,我第一次拿定了主意,由此体内涌起了某种生命。遇见池上义一这个人,也是外在的偶然,但我把它视为内在的必然。让我这么看的也是生命的力量。得病,遇见池上,这些都成为我的转机,而转机的来临方式,借用小林秀雄的名言，简直甚至是宗教的。"

宫本辉是创价学会的会员，这个宗教团体的领袖就是在中国也广为人知的和平友好人士池田大作。二十五岁入会，三年后开始写小说，又三年，获得芥川奖。半年后，在创价大学见到他仰之为师的池田，但池田跟其他人握手交谈，偏偏空过他，也不邀他参加大学生举办的活动。宫本悻悻而归。静下心反省：恐怕是因为自己脸上挂起了芥川奖得主的幌子吧？果然，翌日再见，池田主动走过来，说：我和你之间绝没有社会头衔之类的关系。

这是三十多年前的往事了，如今宫本辉是芥川奖等几种文学奖评审委员。石原慎太郎常与他同席，虽然是创价学会的死对头，也不能不敬佩宫本辉的为人，说他：对于评奖时往往难以摆脱的政治性照顾不予理睬，旗帜鲜明，"这与他的风貌和肉体给人的印象相比，甚而是刚直，简直像瘦小不那么高大的投手投出意想不到的沉重而疾速的球"。

2008年，中国举办奥运会在即，1980年代来日本的中国人杨逸入围芥川奖。宫本辉认为选上来的作品结构过于陈腐，在大时代式的表现上还不如作者的前一个作品，而且越往后越变成类型化风俗小说，再加上日语怎么也抹不掉别扭，不同意给奖。评审委员石原慎太郎和村上龙也不同意。石原评：

不能只看作者是中国人，跟文学性评价扯在一起。村上评：不希望由于这样的作品获奖，使在国家民主化云云的意义上具有令人疑惑的政治、文化背景的"大物语"比描写无所不在的个人内心或人际关系的"小物语"更有文学价值之类早已再三被揭穿的谎言复活。九名评审，这三位坚决反对，有二人积极赞成，一人基本上赞成，三人不置可否，也就通过了。

日本有"能写好随笔，小说家才够格"的说法。一夜成名，大写随笔是常情，既应付纷至沓来的约稿，又满足读者要看老母鸡的心理。宫本辉讨厌被采访，讨厌对谈，虽觉得随笔是为了写小说的素描，但是从1985年起，也尽量不写了。思考回路不一样，要集中精力写小说，不能为随笔消耗神经。四十过半，新潮社刊行《宫本辉全集》十四卷。他说："每个人心里都有皱襞，而且不只是一条，美的，悲的，高尚的，丑陋的，崇高的，低劣的，人同等地具有这些。但人应该纯洁，应该搞得干干净净，不要卑怯。我要是也能用文章这东西的力量把人心中成千上万的皱襞深处所蕴藏的宝物献给读的人，那就是幸福。"

森有礼的孙子森有正

说起《挪威的森林》，人们立马会想到村上春树，但提及销量超过这部小说单行本上卷的《在世界中心呼喊爱》，好些人未必记得谁写的。作者是片山恭一。2010年他又出版一本《鸟儿们留下静》：主人公白江伸幸出差罗马，从此不知去向，妻子及友人上穷碧落下黄泉地寻找。与这部比较长的长篇小说前后脚，片山还出版了《往哪里死呢》，是关于哲学家森有正的读书札记。森有正留学法国，一去不返，客死异邦。大概这两本书合在一起读，才可以读出小说家所思所想。

20世纪80年代中国打开了国门，一些人得风气之先，公派出国，或滞留不归，或一旦回国，再利用公派时建立的人脉旋踵而去。对于这种人，我至今厌恶，尤其是看见他们一副学有所成的模样，被宽宏或下贱地奉为座上宾。可能我的心态不免有因妒生恨之嫌——不曾被公派，没沾到便宜。日本明治年间急于富国强兵，改革开放(日语是文明开化)，往欧美派出众多留学生，没有一个人乐不思蜀，更不要说亡命。不过，战败后至少有一位黄鹤一去不复返，就是森有正。

1950年日本派遣第一批留学生，森有正入选，留学法国，期限为一年。他三十九岁，已经是东京大学法文学科的准教授，研究笛卡尔和帕斯卡。那时他最关心的是改善生活、充实讲义、完成论文，对于出国留学不热心，甚至还怀疑"过去留学欧美者藉留学获得了什么"。临行前忐忑不安，恩师渡边一夫说：只看看马赛的房子也好嘛。

然而……他写道：距今二十六年前，赴巴黎之际，我漠然考虑三件事。第一，借此机会在本家当地把自己所专的法兰西古典思想特别是笛卡尔和帕斯卡的研究加深一些。打算搞完它，一年后回来。第二，相当漫然，想从外部客观地眺望自己生在其中的日本及其文化。但几乎没想到伴随这么做的本质性困难，天真地以为只要去国外就能自然而然地客观看日本。第三，我早有个秘密的愿望，那就是生只有一回，好好活一活自己。

船从神户启航，驶往马赛。一天，喝过咖啡，躺在甲板的藤椅上眺望泛起浪花的白色航迹从船尾拖延到水平线。莽莽大洋用巨大的浪潮律动着，目力所及地扩展。蓦地，活的愿望与航海在森的头脑中结为一体，那像是一个启示。不是意志，不是反省。不断从船尾反复放出而伸向远方的雪白的浪带，对于他来说，化作使他从自己出生的国家一刻刻远离的活标尺。日本在远方模糊了，想真正活一回自己的念头越来越强烈。

或许有时候，人的决心不是下在起步之前，而是在上路以后。森忐忑地抵达马赛，又忐忑地来到巴黎，一年过去了，东京大学再三召还，却不予理睬。抛弃了职位和家庭，近乎亡命。二十六年后，他打算回国定居，但病入膏肓，最终死在了巴黎，归根的落叶是一抔骨灰。他说：我长达二十六年逗留法国就压缩在渡边先生的一句话中；这就是法国和我的关系的本质，只有在这个本质中，我在法国的学习了解才具有意义。

公派而不归，有点像行骗，却大都振振有词，那么，森的理由是什么呢？从随笔和日记来看，他也总在给自己找理由。说是绝望了，却没说到底对什么绝望。经常拿法国比照，批评日本，乃至讨不少人厌。例如某法国演员说，没有比东京这个城市更缺少性感的了，他就敲边鼓似的说，自己在巴黎觉醒的感觉是性感。当然免不了爱国问题，他说：我现在只考虑自己的事，不考虑国家的命运，这不是因为不爱国，而因为对于我来说，这是为爱国剩下的唯一道路。话说得很哲学，令人摸不着头脑。

人在异乡，最大的问题是孤独。森是孤独的，献身于思索。不孤独则一事无成。"自己是和别的谁都不同的唯一的存在"，这正是孤独的自觉，从而确立自我。他写道："感觉是一切思想、一切作品的根源，必须独立。这就是孤独的真正意思。此外的孤独是感伤，或者是可以疗愈的东西，所以尽早疗愈它为好。但那种根源性孤独当然要保持，因为那里有人作为人的一切行为的根源，有与超越自己的东西的接点。"在异国他乡思索了一辈子，森哲学是极其个人性的经验哲学。"经验定义一个人"。或许他就是决心直到自己的经验成熟，一步也不离开巴黎罢。

教授日语及日本文化为生，自不免把日语跟法语加以比较，譬如他认为日本人的思维方式与西方有巨大差异，即不曾确立自我，这是日语的特殊性造成的。他对祖国语言多有大不敬，令人不禁联想他爷爷。爷爷是森有礼，明治政府第一任文部大臣，私下里主张废止日语，用英语当国语。大日本帝国宪法公布典礼那一天，被国粹主义者暗杀。

森有正留下全集十四卷,片山恭一读的是从中拔萃的随笔集成。《鸟儿们留下一片静》当中也大谈音乐艺术,读来甚而有炫学之感,恐怕是作者读森有正读的。鸟儿是生与死的媒介,往来于现在与过去。森有正写道:"静,不是不发出声音,反而是灵魂抵抗外来声音的强大。遇到它,外部杂音就全都断绝。外音还是继续侵入,那有助于使静更加浓厚。"

编辑与作家

编辑常被说是为人作嫁,乃至幕后英雄,这是世上对编辑的赞许,也是编辑行中的自许。好像很有点委屈,乃至苦恨,就是说他本可以或应该当作者以及作家,却伏案劳形,让别人出书风光。

说到编辑,想起见城彻。他原先是日本排名在前的出版社角川书店的编辑,器重他的社长因毒品被捕,江山易主,他主动请辞。拿出退职金一千万日元,1993年和五位跟他辞职的同僚兴办出版社,名叫幻冬舍。日本有一个说法:害谁就让谁办出版社,但见城一举成功,2010年度销售额一百三十一亿日元,赢利九个亿。他被称作实业家。有人问:你没想过当作家吗?

见城说,和年龄相仿的作家们交往,也曾梦想写小说。

可是读他们的作品，和他们喝酒聊天，发现自己跟他们根本不同。他们具有对这个世界或社会不妥协的强烈的不和谐感觉，有一种靠文字表现来拯救自己的难以抑制的灵魂冲动。他们拥有自己的整个世界，不得不写它，不写就活不下去。作品当中有谁也没见过的、哪里也没有的色彩。相比之下，他怎么也没有那种强韧的激情与不和谐感觉，写不出唯独自己有的色彩。怎么努力也不过是混合的在哪里见过的色彩。即使不成样，文章拙劣也无妨，能写出那种哪里也没有的色彩的人才是真正意义上的表现者。这一点不是靠学习掌握的，生来与俱。所谓表现，大概是夏目漱石主张的"艺术始于自我表现，终于自我表现"罢，那简直像犯罪行为，并非谁都能付诸实践。既然自己不具备，那么，与其创作什么，不如编辑出版他们更有趣。

当作家无须上岗证，编辑想要当作家，不缺少良媒，反而可能是近水楼台。之所以不当，各有各的理由，其一是甘居幕后。当你开车带女友兜风时，制造这辆车的各色人等都居于幕后，无论甘与不甘。书的版权页尚且印上责任编辑（日本无这个规矩，通常是作者在后记中感谢一番），而车上没有任何人姓名。重松清也当过角川书店编辑，是见城的后辈，辞职当写手，譬如把北野武执导的电影改写成小说。见城办出版社，拉他入伙，但他不要当编辑，矢志创作，几年后获得直木奖。

编辑，尤其大出版社编辑，无非上班族，甚而官僚化。日本基本是终身雇用制，编辑饭碗比较铁，作家的饭碗漂亮是漂亮，却是青花瓷，专事写作就不免冒险。

日本较常见的是编辑到年龄退职，人生开始第二春，闲闲地写作。他们最拿手的就是写作家。人们吃了鸡蛋，还想看看老母鸡到底什么样，卖点在作家。上帝寓于细节，作家也活在自己的细节里，读来都是些逸事秘辛。例如和田宏，大学毕业进出版社文艺春秋，三十年间担当司马辽太郎的责任编辑，退休后写小说获奖，也写了一本《司马辽太郎其人》。他说：司马先生有罕见的天赋，但更令我感动的是他平素的严于律己，也是勤奋之人，所以我以他为师。要是没遇见他，一定会觉得编辑工作很空虚。还有一位叫冈崎满义的，也是在文艺春秋工作了一生，主编过《文艺春秋》杂志，他写了《与人相遇》。书中有这样的趣话：纯文学作家吉行淳之介报税，说自己总是以女人为主题，采访她们花销了很多经费，应计入写作成本，当地税务部门予以核准。武侠小说家柴田炼三郎闻听，说自己也常写女人，但所在地税务部门不认可。他大怒：难道纯文学与大众文学不同对待吗？税务部门回答：

你那更像是寻欢作乐。

历史小说家司马辽太郎写《街道行》，在周刊上几乎不间断地连载二十五年，先后有五名编辑当助手随行，其间村井重俊担当了六年，他写有《街道随行》。司马辽太郎饶舌，和编辑谈天说地，而川端康成寡言。三岛由纪夫曾写道："川端给初次见面的人印象不好是有名的。默不作声，被盯着看，胆小的人就会一个劲儿擦冷汗。甚至有这样的八卦，说一个初出茅庐的编辑小姐头一回造访，不知是运气好还是运气坏，竟没有其他来客，三十分钟之间什么都不说，她终于受不了，哇的一声哭倒了。"给川端康成当编辑，"必须是喜欢几个小时呆呆沉默的氛围的人"。女编辑伊吹和子领教过川端的沉默。她和几位编辑说完事告辞，川端却挽留，留下来的结果是一起沉默两小时。伊吹进中央公论社，笔录并编辑谷崎润一郎口述的《新译源氏物语》，又责编过川端康成、井上靖、司马辽太郎的作品，退休后撰写《谷崎润一郎最后十二年》《川端康成瞳的传说》等书。

宫田球荣也是中央公论社编辑，而且作为女编辑，首个当文艺杂志的主编，退休之后写《追忆的作家们》，追忆松本清张等七位作家。松本由纯文学出道，后成为推理小说大师。由于编委之一的三岛由纪夫顽固地反对，中央公论社出版八十卷《日本的文学》竟没有收他，松本得知后大怒。三岛剖腹自杀，他恨道：因为才尽了，写不出来了。宫田给松本当责编，从头到尾帮他写《黑色的福音》，几乎一个人承揽了调查、采访等工作，倘若抱怨为人作嫁，说不定就要求署名罢。

1997年村上春树打算就地铁放毒事件进行采访，当然不想写小说，因为事件还过于鲜活，写小说为时太早，他要写一部非虚构的实录。但他不是记者，不能迈开双腿到处仔细地收集事实，并逐一检证。既没有这个技术，也不符合他的性格。山崎丰子写小说的得意之处正在于采访。村上只能坐下来听人讲，再写成文章，这是他的擅场。于是找讲谈社，该社便派出两名编辑跟班，为他找人、联系、交涉。村上说："我非常怵头跟第一次见面的人说事，这是我一个人绝对做不来的工作，所以很感谢这两位编辑。"他这样写出的就是《地下世界》。

见城彻认为，所谓文学衰退，实际上衰退的是编文学的。他常说：当编辑不能喝酒不行，好奇心不强不行，没有把自己的感动分给别人的热情不行。第一个不行可能是日本的独特现象，如今也有点过时，年轻编辑不大喝酒了，后两个不行确乎是编辑应该能行的。最近还读过一本《神的伴跑者》，是十三位责任编辑回忆"漫画之神"手冢治虫的真人真相以及创作秘密。采访者本身也当了一辈子漫画编辑,退休后自由撰稿。把编辑叫作伴跑人,这个观念有意思。

天皇的汉诗

日本天皇作汉诗(中国古诗)，传世最多的，不是9世纪初登基的嵯峨天皇(97首)，也不是17世纪中叶在位的后光明天皇(98首)，而是大正天皇。他生于明治十二年(1879)，从十六岁作汉诗，至继位第六年，也就是十月革命一声炮响的1917年，二十二年间做了1367首，平均一周作一首还多呢。号昭阳，自道汉诗做得好，和歌不行，据说数理化更不行。

他这么作诗：政务之余或运动之前，轻松地说"作一首诗吧"，侍从立刻摆出《诗韵含英》等参考书。作成了，大都由皇后誊清，然后派御史送给三岛中洲批点。例如这两句：青苗插遍水田里，看到秋成始展眉。又如这一首：雨余村落午风微，新绿阴中蝴蝶飞，二样芳香来扑鼻，焙茶气杂野蔷薇。1948年刊行《大正天皇御制诗集》，臣子奉承说：先皇的诗不事粉饰，不求技巧，有帝王气象，是寻常诗人不能企及的。

《观布引瀑》(布引瀑，与华严瀑、那智瀑并为三大神瀑)写得很有趣：

> 登坂宜且学山樵，吾时戏推老臣腰，老臣啖柿才医渴，更上危磴如上霄，忽见长瀑曳白布，反映红叶烂如烧。

这是当太子时写的，老臣指东宫侍讲三岛中洲，已年高七十。大正天皇时年二十一，把这位老臣感动得"窃赋：无限慈恩行欲泣，劳将玉手上青霄"。三岛是汉学家，明治三大文宗之一，主张义利合一，创办汉学塾二松学舍(二松学舍大学的前身)，夏目漱石上过这学校。

大正天皇似乎有文人气，但生不逢时，日本已不是江户时代，汉诗文式微。江户时代汉学达到日本历史上最高水平。对于儒学家来说，中国是圣人的国度，四书五经是圣经。市井甚至给他们编了一则笑话：某儒者从日本桥搬到品川，弟子们问他为何乔迁，答曰：这样离中国又近了十几里地。福泽谕吉是明治思想家、教育家，他读的是四书五经，自传里只字未提日本古典；其实，所谓日本古典，是1945年以后才出现的说法，以往说古典，不言而喻，就是指中国古典。

明治时代从人文、社会到自然，所有领域都引进西方文化及文明，但实际上翻译主要用汉字。这可能是因为日本固有语言多音节，不便于组合新词，而汉字一字一音节，并且能望文生义。另一原因是明治领导层具备汉文教养。维新志士如西乡隆盛、坂本龙马、伊藤博文虽出身于下级武士，却作得来汉诗。志士操各地方言，唯汉字充当他们聚义沟通的官话。明治维新后日常说话还时髦用汉字词语，但言文一致运动勃兴，从汉文派生出汉字和假名混搭的书写方式，逐渐形成了今天通用的白话文。文艺评论家龟井胜一郎说："由于假名的诞生，日本文化发生了草化现象。"文豪夏目漱石生于明治维新的1867年，比大正天皇大一轮，用汉语能诗能文。唯美小说家永井荷风与大正天皇同年，读的是近代小学校，作汉诗就属于难能可贵了。评论家加藤周一给大正文学下过一个定义：简单地说，不能读汉文的作家写的东西。他批评："万恶之源是岛崎藤村、德田秋声等所谓'自然主义'作家们用不知道日本古典遑论汉文汉籍也能写的文章开始写'私小说'。写变得容易了。是日本人就能说日本话，所以也能写小说，使这一可怕的思想普及开来的就是他们。"

　　日本在1902年设立国语调查委员会，期以废除汉字，改用表音文字。文豪森鸥外等反对，一时间汉文调乃至汉文反而盛行起来。不仅自宫，战败后更受制于美国占领者，

1946年限定使用1850个汉字,以过渡到汉字全废。理由之一是我们当年也信奉的:汉字难学。中村正直是教育家,明治年间致力于思想启蒙,翻译过《西国立志篇》,他后悔曾主张废汉学,还写过《汉学不可废论》。但,废也就废了。倘若占领军总司令麦克阿瑟把天皇给废了,废也就废了,历史的车轮照样滚滚向前。问题在于落后民族把落后挨打归罪于汉字的是非,现在看来好像是肚子疼怨灶王爷。因有了电脑,日本又出现汉字热,甚至有人说:在21世纪的信息社会,最有效的媒体或许是最古老的甲骨文。从长处来说,汉字已不过是残骸,但仍然是一种精神文化。

大正天皇生来体弱多病,卒于1926年,在位十五年,但实际从大正十年(1921)因病引退,由昭和天皇摄政。始学汉诗那一年,日本热火朝天西方化,他也穿上水兵服,于是乎"天下缟素"般流行开来。而且日本也真能保持传统,至今水兵服仍然是女中学生制服的主要样式,进而被当作少女漫画的特征,甚至是日本文化的一个符号。在"万世一系"的天皇家,大正天皇率先实行一夫一妻制(昭和天皇时代从法律上废除侧室制度)。还学习朝鲜语,可算是现今"韩流"的滥觞。毋庸置疑,他是最后一位作汉诗的天皇。全日本汉诗联盟会长石川忠久有诗叹曰:历朝无比诗千首,但恐几人能细看。

作家与图书馆

旅居多年,朋友问日本有什么好,想来想去觉得起码有一好,那就是图书馆近便。

以前听说过两个说法,一个是"别人有不如自己有",再一个是"老婆与书不出借",说的是书,看来书是要据为己有的。坐拥书城,也就像学富五车。我不爱买书,因为没那么壮实的腰包,而蜗居陋室,买了也没地方藏。看人家乔迁,书就载了一卡车,艳羡的不是书多,而是住居之广大。日本有一说:出版耐得住萧条。确实,经济不景气,没钱出游,没钱购物,闭门读书是最好不过的。可是,这场萧条连续二十年,人们都攥紧钱包,连书也不买,出版可就耐不住。从前有一位作家出书打广告,说:为了文学,不买也要读;为了作家,不读也要买。我属于前者。不买而读,读而不买,那就要躲进图书馆，管他冬夏与春秋。图书馆是我的最爱，与我同爱的人不少。

图书馆，这个词是日本人明治年间创造的。1877年东京大学法理文学部图书馆率先采用了图书馆的称呼，1908年日本文库协会改称日本图书馆协会。为居民服务的公共图书馆现有3196所，所谓公共，几乎指的是公立，其中私立图书馆很少，如佛教图书馆。据说，与其他先进国家相比，日本图书馆太少，服务内容也不佳。譬如按10万人口计，图书馆数量德国为15所，而日本才2所多一点。但对于我来说，岂能这山望着那山高。所居浦安市人口16万，有8所图书馆，藏书约110万册。按人口平均，每人约7册，藏书密度在日本数第一。大概拜迪斯尼乐园所在之赐，该市富裕。

二十年前初到日本那时候，图书馆还没用电脑，书上贴着借阅单，盖印借阅日期，能看出该书被借阅的次数。借回来一本无人借阅过的书，读着真有点寂寞呢。公共图书馆的基本功能仍然是阅览，当地居民不大把它当教育场所。查看一下浦安市图书馆最近的借阅情况，得知人们排队待借的前十种书：

东川笃哉2010年9月出版的《解谜在晚餐之后》入藏23册，有560人待借；

东野圭吾 2011 年 3 月出版的《麒麟之翼》入藏 20 册，500 人待借；

岩崎夏海 2009 年 12 月出版的《要是高中棒球女领队读了德鲁克的〈管理者〉》入藏 25 册，500 人待借；

东野圭吾 2011 年 6 月出版的《盛夏方程式》入藏 19 册，480 人待借；

斋藤智裕 2010 年 12 月出版的《KAGEROU》入藏 15 册，470 人待借；

池井户润 2010 年 11 月出版的《街道工厂火箭》入藏 18 册，410 人待借；

近藤麻理惠 2011 年 1 月出版的《人生走运的整理魔法》入藏 8 册，385 人待借；

东野圭吾 2010 年 6 月出版的《白金数据》入藏 22 册，320 人待借；

凑佳苗 2010 年 6 月出版的《夜行观览车》入藏 22 册，290 人待借；

村上春树 2010 年 4 月出版的《1Q84》第三卷入藏 36 册，289 人待借。

书店销售与图书馆借阅成正比，这些书都是市面上的畅销书，其中，东川、岩崎、斋藤的书是 2011 年上半年排行榜的前三名。等待三四个月，借到手里已经是明日黄花，早就不想读了也说不定。村上的书是一年半之前出版的，这些排队的人不跟风或起哄地抢读，真是为了文学罢。图书馆资金有限，不可能购藏太多复本，便贴出告示：谁有这些书，若是不要了，捐献为盼。

买书或许买而藏之，未必读，而借书有限期，可能抓紧读。图书馆借阅有益于文学，但对于作家来说，书店便少卖他们的书，拿不到版税。《解谜在晚餐后》一书已卖掉140万册，这样的畅销作家或许不在意图书馆入藏，但对于那些出书难卖掉、不再版的作家来说，事关生计，不免要抱怨。日本文艺家协会要求国家为公共图书馆免费出借而付给作者补偿，但没有下文。今年有个叫樋口毅宏的作家出版小说《杂司谷R.I.P》，后面附文，恳请图书馆半年后出借此书。他本来是编辑，2009年转行当作家。去年大半时间写这本小说，印数6000，按定价1600日元计算，版税为96万日元。出版行业平均年收为610万日元。他说，大家在图书馆免费借阅，等于白吃鸡蛋，鸡就瘦死了。想来图书馆可以有两种对策，一是不予理睬，二是干脆不购藏。图书馆是文学的战友，却像是作家的敌人。

图书馆容积有限，购置新书，经常要淘汰已失去阅读价值的旧书。几年前，浦安市图书馆以污损为由废弃了一百零七本图书，著者是西部迈、渡部升一、西尾干二等，一色保守派。当时历史教科书问题正议论纷纷，"焚书"之事便惨遭攻击，最后当事者和馆长等人自掏腰包，补购这一百零七本书上架。出于好奇，常留意这些书是否被借阅，却总见它们挤在书架上，好像"占着茅坑不拉屎"。

图书馆还有种种妙用，譬如酷暑或严寒，可以来避暑或取暖，那季节人满为患。流浪汉也可以踅进来，窝在那里翻书，虽臭气熏天，也不会被驱逐。时有西装革履者，抱着皮包打瞌睡，大概是上班族借跑街之机，躲进来补觉。

文学奖的日本特色

说不清日本有多少文学奖,近年常见百十种,五花八门。譬如新潮社的"女人为女人而作的 R-18 文学奖",限定女性,十五岁的熟女或八十岁的少女都可以应征,女编辑初选,两位女作家决选,奖金三十万日元,另外饶一个带脂肪测量的体重计。也有唱独角戏的,例如"大江健三郎奖",把获奖作品翻译成英语或法语、德语,推向世界。福山市主办的"迷思底理文学新人奖"由岛田庄司独选,三家出版社协助出版获奖作品,而"新潮娱乐大奖"则每次请一位作家来终选。小学馆的"十二岁文学奖"以小学生为对象,中央公论新社纪念建社一百二十年,创设中央公论文艺奖,奖励活跃在第一线的中坚以上的作家之作。书店大奖是三百多家书店的店员海选最想卖的书,但限于前一年间出版的日本小说,2011

年4月已实施第八回。

文学奖奖的是文学，按说不必迎合读者的审美价值与取向，但日本文学奖有一大特色，那就是大都由出版社设立，在商言商。其目的首先在卖书，其结果，编辑们近乎把持着文坛，掌控着文学及其史。翻开一部现当代文学史，恐怕没有哪个作家没得过什么奖，或大或小。文学奖是文坛的门槛，是文学史的路标。文艺老店新潮社看家的奖项至少有四种，综合出版社文艺春秋主要有五种，龙头老大讲谈社有十多种。作家资源靠出版社自己开发，主要手段就是文学奖，所以特色之二，文学奖大都是新人奖，招引、擢拔新作家，而一旦获奖，新作家便有了头衔，师出有名。新人奖多是用公开征文的方法，叫"公募新人赏"。出版儿童书颇有些业绩的白杨社要涉足文艺书出版，先设了一个小说大奖，用奖金高达二千万日元来造势。征募的是长篇小说，2010年应征作品有一千二百八十五部。此奖闹腾了五年，仅头尾两年有作品获大奖（自2011年改为小说新人奖，奖金降到二百万日元），而最终获奖的作者本名叫斋藤智裕，是一个帅哥模样的男优，蓦地跳槽到文坛，又不领巨额奖金，令媒体顿生疑窦，"非难嚣嚣"，反而给他做了免费宣传。获奖作品《KAGEROU》初印四十三万册，超过了村上春树《1Q84》第一卷初印的二十五万。

《1Q84》简直是一个描述猎取新人奖的推理小说。那个在出版社干了二十多年的编辑小松要让女高中生深田绘里子获得新人奖，找已经写了几年小说都没有印成铅字的川奈天吾协力，说："绘里子编的故事只是个粗坯，用你的漂亮文笔给琢磨抛光……以后的事就交给我好了，合力就可以轻取新人奖。芥川奖也完全能到手。"小说比现实更离奇，而现实是这样的：属于纯文学的新人奖基本由五种纯文学杂志操办，即文艺春秋的文学界新人奖（每年征集两次）、讲谈社的群像新人文学奖（分为小说与评论）、新潮社的新潮新人奖、集英社的昴文学奖、河出书房新社的文艺奖。均冠以杂志之名，前四种为月刊，最后的《文艺》为季刊，这些杂志是出版社的"看板"（招牌），一律赔本，但不仅赚吆喝，推出一位新作家，每每有赚头，甚至利莫大焉，也可算以书养刊。1979年，在东京都内的千驮谷一带经营爵士乐咖啡馆的村上春树写了小说《且听风吟》，应征群像新人文学奖，评委们觉得他写的好像是美国的什么地方，满场叫好，我们的村上由此出道。比他早三年，村上龙的《无限地近乎透明的蓝》也获得这个新人奖，接着又获得芥川奖。可是，村上春树的《且听风吟》也入围芥川奖，多数评委们却嫌他读翻译小说读过头，一股子黄油味儿，不予肯定。三十年过后，红遍全球的村上在《1Q84》中写到，天才少女作家绘里子获得新人奖，"简直像冲绳飘小雪一般引人注目"，于是资深编辑小松认为"这样的话，得不得芥川奖无所谓"。芥川奖没奖给村上春树，被视为文学奖史上最大的败笔，为人诟病。帅哥（而今已是爷）作家岛田雅彦曾六次入围，终未如愿，2010年芥川奖请他当评委，看来是要为自己的权威性做一点弥补。岛田得过野间文艺新人奖（讲谈社），此奖，还有三岛由纪夫奖（新潮社），可以与芥川奖比肩。

奖项有无权威，不在于奖金的多寡，甚至也不在于谁来选，是时间大浪淘出来的。当年小说家菊池宽为了自己想写什么就能发表什么，创刊《文艺春秋》，又创办出版社文艺春秋，于1935年创设芥川奖和直木奖，这是出版社系统文学奖之始。直木奖是大众文学奖，奖给有实力的中坚作家，而芥川奖不是给老作家锦上添花，而是"扶助新作家出道"（菊池宽语）。奖给老人，在某种程度上是顺水推舟，而评选新人，往往更需要见识和勇气。菊池宽公言"一半为宣传杂志"，但邀请新闻媒体，并备以厚礼，却没给他报道一行字，气得这位文坛大佬斥之太没分晓。石川达三的《苍茫》获得第一届芥川奖，但他直到三十多年后写出《青春的蹉跌》才成为流行作家。媒体关注文学奖，恐怕不是文学的强大，而是它自身做大做强了，绑架文学。造成社会效应的，往往是附加于奖项的东西，如性别、年龄。获得芥川奖，被媒体广为报道，真所谓一夜成名天下知，不读其作，也知其名。获得直木奖前后的身价也大为不同，譬如讲演，这是日本作家的一大营生，价钱能陡涨十倍之多。获奖固不待言，连入围之作、之人也可以拉大旗作虎皮，借以促销。

出版社主办文学奖是一种出版行为，没有谁冠以全国二字，作品也无须全国属第一。天长日久，众多奖项也有了高低之分，形成金字塔。就纯文学来说，获得某杂志新人奖是初入门径，然后再指向芥川奖，三岛奖也行，得了便登峰造极。所以，芥川奖虽然是新人奖，却是以已经发表的作品为对象。摘取芥川奖不仅是作家个人的事，更像是编辑的使命与梦想，作家写什么，写多长，几乎被编辑手把手地扶植。

有些奖专门奖作家，特别是老作家，奖赏他的文学事业，并非针对某一部作品。芥川奖未奖给村上春树，说法之一是他过早地获得谷崎润一郎奖，此奖是奖给成名作家的。八十二岁的老作家津村节子2011年获得川端康成奖，作品是《异乡》，她1965年获得芥川奖，后来又得过多种奖项。川端奖的对象是前一年完成度最高的短篇小说。村上春树1980

年发表第二部小说,以模仿现成书名为能事,这次模仿了大江健三郎的《万延元年的足球》,叫《1973年的弹子球》,再度入围芥川奖,却又是落选。此后他致力于长篇,与此奖绝缘,因为它评奖的对象是中篇。奖励中短篇为多,这也是文学奖的日本特色罢。

他们读什么

某出版人跟日本同行谈起他供职的出版社翻译出版了坪内逍遥的《小说神髓》,"对方表情瞬间大变,那是敬仰,是诧异,是茫然,是……"。

常听说日本人总像戴面具,却瞬间大变出这么多表情,可见中国出版《小说神髓》之非同小可。此书在日本是1885年出版的,时当我大清光绪十年:李鸿章和伊藤博文缔结天津条约,周作人出生,甲午战争要十年以后才打呢。我只是在图书馆里好奇地翻过,算不上读,据辞书解释:此书讲小说重要的是描写人情,次之描写社会状况或风俗,然后罗列其方法,如此而已。从引领日本文学近代化来说,厥功甚伟,被列为经典,但一般人包括出版人早已不读了,恐怕知道书名的人也寥寥。隔了一个多世纪,中国从日本故纸堆里翻出来，而且不光供几位不懂日文的学者研究之用，还推给一般人广而读之，就难怪他们仿佛遇到大地震，为中国人什么都出而敬仰，为中国人什么都读而诧异，为中国人到底怎么了而茫然，为……而……

读什么，似乎是一个永恒的命题。书海茫茫，苦固然可以作舟，却未必是最好的舟。取巧是人的本性，读书人也希望有一条终南捷径，只读于己有用的书，好似吃什么补什么。网络上也常有人请名人推荐书目，像孩子天真地拉着大人的手走路一样。不过，无人指路，误读也真是常事。譬如日本战败之后不久，相对论忽而大畅其销，莫非百废俱兴，都关心起科学来了？却原来广大读者误以为书里写的是男女相对。

福泽谕吉是日本走向近代的最大的先觉，他教给日本人什么是文明开化，简直可以说，天不生谕吉，万古如长夜，尊容印在万元大钞上，人见人爱。这么纯粹的日本人，他读了什么书呢？翻看《福翁自传》，此书比《小说神髓》晚出十多年，毕竟是文学名著，读者似乎多一些。书中记述他长到十四五岁，发现近邻熟面孔都读书，只有自己不读，名声不好，难为情，于是真要读书了，开始上村塾。别人读诗经读书经，他读孟子。"天生略有文才"，理解力极强，学了"蒙求"、"世说"、《左传》《战国策》《老子》《庄子》然后读《史记》

以及前后《汉书》《晋书》《五代史》《元明史略》。尤其好《左传》，别人只读三四卷，他通读十五卷，而且反复读了十一遍，有意思的地方能暗诵。他不曾读日本古典《万叶集》《古今集》《枕草子》《徒然草》，不仅没通读，恐怕连章节也没读过。这不是福泽个别，而是在那个时代，汉学乃最高文化，只有所谓国学家或歌人才会读日本古典。近代以前并没有"日本古典"的说法，所谓传统即汉籍及汉文。同样只读中国古典，其结果，中国知识人只知道中国，而江户时代日本知识人几乎不知道日本。正因为是外国的东西，相对来说，丢掉也容易，而中国知识人如鲁迅，到底不可能把吃人的古典一丢了之。

国学家本居宣长卒于1801年，福泽谕吉生于1835年。本居宣长打比方，汉籍是近山，日本上古的记载是远山，人们只看近不看远，可是，远山虚无缥缈，他遥遥看出来的"物之哀"之类审美概念就不免令人莫名其妙。不读"物之哀"不懂日本，读了"物之哀"也未必懂日本，悠悠苍天，此何民族哉。要了解一个民族，无论从时间抑或空间，还是就近端详的好。本居宣长主张日本固有的情绪"物之哀"是文学的本质，但生于1867年的夏目漱石——这一年十五岁的睦仁践祚为明治天皇——在《文学论》中写道："余少时好学汉籍，学之虽短，而文学如斯之定义漠然于冥冥中得自左国史汉"，即《左传》《国语》《史记》《汉书》，泛指中国古典。本居宣长指斥外来的孔子之教违反自然，但1879年明治天皇颁旨，"自今以后，基于祖宗之训典，专明仁义忠孝，道德之学以孔子为主"。这一年永井荷风诞生，他还是崇尚汉诗文，但也由他始作俑，江户时代俗文化如浮世绘、俳句日趋被当作日本的传统文化。

福泽谕吉自1872年几年间撰写刊行《劝学》，教育人民要当好人民。这是日本出版史上首屈一指的畅销书，但是据齐藤孝调查，他教的数百名大学生没一个读过此书。这位教育学教授认为，原因在于现今人们已读不来一百年前的文章，于是把《劝学》译成了白话付梓。他写过一本《想出声读的日语》，热卖一百五十万册，名声大噪，经常上电视，和各类艺人坐在一起逗乐，但一向主张大人应该读《徒然草》《奥州细道》等古典。日本古典翻译到中国来，用的是现代中文，容易使读者错乱其时代，不知不觉地误读，把昨天的日本误会成今天，或许就不依不饶。日本有一个忠臣藏故事，书店里常见书，电视上常演剧，然而出题考考大学生，半数答不上人物的名字怎么念。演剧不等于有人看，出书不等于有人读，有时倒像是我们在替人家读。

时代已过去的作家，日本人现在还爱读的是夏目漱石、太宰治。太宰治死于1948年，五十年后著作权失效，又赶上诞辰百年（1909年生），出版上热闹一时。省却了购买版权的麻烦，我国出版人也何乐而不为。没有著作权问题的日本作家还有永井荷风、林芙美子等，听说也翻译出版了不少。顺便一提："版权"这个词是福泽谕吉创造的。

同为人父的作者和译者

我不会写序,不会为别人写,也不会为自己写,所以我自己出书都是用代序来虚应故事。但帅松生嘱我写,虽畏之如虎,却"谊"不容辞。

我和他订交三十余年,当初我在长春作编辑,他在大连外国语学院当日语教师。后来不约而接踵东渡,更多了对酌的机会。他不好酒,只是借酒聊天。话题之一是翻译。松生从上世纪80年代搞翻译,颇有点不拘一格;译小说,既译纯文学,也译大众文学,例如女作家三浦绫子的长篇《冰点》,还译随笔和诗歌,数起来所译作家诗人上百位。于是乎所谓文体就成了老友常谈:咱有没有文体,译者应不应该显示文体,云云,醺醺。

村上春树是小说家,也是翻译家。他的译法是一词一句照原文翻译，不这样，对于他来说，做翻译就没有意义。这样亦步亦趋的翻译，被某些专家视为等而下之的工匠型翻译，但好像还没人对村上的审美表示怀疑。那么，原文的文体该如何体现呢？村上认为，文体这说法是非常含糊的表现。搞翻译的时候就应该撇开自己译。可自己是怎么也撇不开的，所以，作彻底撇开之想，那也还剩下一点，算作文体就恰到好处。一开始就想用自己的文体译，译文会有点讨人厌。其实，几乎没必要考虑文体。用心体味文本的文章之美，译法自然而然就决定了。

信达雅，信是语言的信实，达是文体的达成。如果雅属于自我表现，那它就是多余的。翻译不需要译者表现自我，人前显贵似的。想要玩自我表现，像村上春树说的，那就自己去写好了。临摹绘画，可以用完全同样的色彩临摹得几可乱真，翻译却是把一种语言转换成全然不同的另一种语言。这种转换被称作再创造，但创造一语常常怂恿人恣意妄为。译者太把自己的文体或风格当回事，舍不得撇开，那就会强奸原作，甚而过后还要让作者说一声谢谢呢。翻译的审美到底审谁的美？把村上的简单翻译成简单，把三岛由纪夫的华丽翻译成华丽，这才是审美的忠实。真正掌握了语言(外语)，老老实实地翻译，其文字(母语)自然会体现原文的文体。

至于译者的文体,好比给美女的秀腿套上丝袜,无限地接近透明,却仍然看得出丝袜,或许使那双腿更美。

酒话转到了美女,却生生被松生拉回来,他要说重松清,他体味了重松清的小说,从故事到文体了然于心。感叹:重松清写父亲,真是那么回事儿。松生也是当父亲的,译者和作者心心相印,翻译便有了可靠的基点。

重松清好像是一个好父亲,也有点好为人师,这是他的书名给我的印象,譬如《老爸了不起》《给女儿讲的父亲历史》《写给幼小者》《爱妻日记》。他生于1963年,属于新人类一代,早稻田大学毕业,进角川书店做编辑,一年就辞了。老上司见城彻辞职,自办出版社幻冬舍,找他加盟,但他志在写作。当写手多年,不是去现场,而是把别人采访的材料编写成文章,这大概能练笔,对社会问题也可以有较深的了解。转战文学,先后获得山本周五郎奖、直木奖、吉川英治文学奖,作为大众小说家,有了这三个重量级的文学奖光环,基本能确保质量及销量。重松清的小说不属于推理,甚至也不属于爱情,去掉这两点,让今天的中国读者读什么呢?他擅于写父亲,也就是上班族。写家庭中的父亲,父亲的苦恼与可爱。

小说不是人生指南,写小说不能像写微博那样净说些格言兮兮的生活感悟。但小说也含有道理,给人以启示,好的或坏的。常听说中国小说在日本卖不出去，理由是日本读者不了解中国的时代背景，可我们读巴尔扎克，对19世纪的法国有多少了解呢？不正是要通过小说来了解吗？还听说日本人瞧不起中国人，这或许是他们自甲午战争打败我大清以后炼成的，但是把渡边淳一叫文学大师，把AV女优叫老师，恐怕这样的中国人还要让日本人瞧不起下去。

松生也写诗，记得有这样两句：千般烦恼尽拂去，只为伏身笔墨间。作家把烦恼写成小说，译家借翻译拂去烦恼，那就得选取自己抱有敬意的原作。下次酒桌上要跟松生说，更多地迻译重松清这类小说家罢。

文学散步与散步文学

散步，辞书解释为"闲行"，即"悠闲地走动"。举例是古诗，或者韦应物的"怀君属秋夜，散步咏凉天"，或者刘孝威的"神心重丘壑，散步怀渔樵"。

或咏或怀，这样的散步不是一般人所为。被迫打开了国门，日本人便看见居留地的西洋人像没头苍蝇一样在外面走，大为惊奇，有关胥吏甚至怀疑西洋人有所企图，限定他们走来走去的范围。原来西洋人在散步。时当江户幕府统治的末叶，对于一般日本人来说，没甚么目的走路是徒劳无益，正经人家无事不外出，只有告老赋闲的人可以无所事事，在街上游荡的是二流子。胜海舟到长崎学造船、航海，奇怪荷兰人教师上街走，漫无目的，但他学了这种生活方式，回到江户也走街串巷，缔造了日本海军。

池波正太郎有一篇随笔《散步》，写道："同样是散步，'今天就一个人随便走走'的散步，和日课的散步大不一样。""散步最愉快时必须忘掉工作。""日课的散步不是那么愉快的。因为既是我的一天开始，那也是一天痛苦的开始。我从十三岁走上社会，做过各种行当，再没有比写小说更难受的。一年当中，劲头十足地伏案的日子大概连十天都没有。""不只是浅草，'忘掉一切，蹓蹓跶跶走三个来小时'的地方如果找的话，东京还留有几处。找出一两处这样的自己称心的地方，那就是散步。'因为不走动对健康不好'之类的散步，对于我来说，不是散步。此刻翻一下手边的辞书看看，写着'散步：随便到处走'。由此我再次理解了散步与运动是不同的。"

大佛次郎也写过《关于散步》，认为"没有目的才是真正的散步"。可是，吃饱了出去走走，可能为消食；今天没有事，上街逛逛，可能为消闲。目的总是有的。遛狗，日本叫"犬散步"，主人跟着犬散步。野兽在笼中走来走去，它是想破笼归山罢。漫无目的也会是一种目的。一般人目的明确，即健身养生，这大概是散步的原始动机。京都有一景，叫哲学之路，是一条小道，春樱秋枫，哲学家西田几多郎走着它思索，不过，他的名著《善的研究》却不是这条路上思索的结晶。哲学是悠闲散步的产物，一个民族若总是匆匆赶路，没工夫思考，难以有哲学。夏目漱石说，人不立于闲适的境界是不幸的。他的文学是闲适的文学。

莫非本性难移，路不能瞎走，步不能白散，日本人给散步附加了文学的价值，就叫作文学散步。"散步怀渔樵"，走起来别有兴致。野田宇太郎(1909－1984)制造这个词，他是诗人、文艺评论家，曾主编日本五大纯文学杂志之一的《文艺》，三岛由纪夫从他那里拿到第一笔稿费。又主编过《艺林闲步》；或许由"闲步"而"散步"，自1951年在《日本读书新闻》上连载《新东京文学散步》，结集畅销，始创"文学散步"这一文学样式。从战败的废墟上起步，漫步廿余年，1977年出版《野田宇太郎文学散步》，总计二十八卷。

文学散步的本义是踏查文学作品所描述的地方，进行实证性研究。"散步"所得，若付诸文字，可以是高深的论文，如前田爱的《城市空间中的文学》，这么样写道：服部抚松从寺门静轩的《江户繁昌记》学来了繁昌记体裁，所著"《东京新繁昌记》向我们展示的世界无疑是在物的水平上接受西欧文明、不厌卑屈跪拜的开化东京的辛辣讽刺画，另一方面从那里抽出的，毫无疑问，是近代城市构造的原型"。当然更可以是轻妙的纪行之作(游记)，此类图书就多如牛毛了。

文学散步是研究手法，也是欣赏方式。埋头于书本空间，仿佛游离了周围的现实，所以阅读是孤独的。从书里走向书外，以身读书，阅读被延伸，深化欣赏。近二三十年来，文学散步被用作业余或终生教育的内容，从个人娱乐变成集体活动。时而在街上遇见老男女成群，休闲装束，肃然听一人指点讲说，那就是在文学地散步。除了作品，与作家有缘或相关的遗迹也在散步之内。日本多文学馆，到处有文学碑、作家墓，画一条文学的散步路线很容易。或者探访，更有刺激性。

文学能拿来散步，首先因为那文学具有散步性，即散步文学。最典型的是永井荷风的《东京散策》。芥川龙之介说：人生还不如一行波德莱尔。这位19世纪法国大诗人在巴黎夜街头彷徨，将不安与恍惚写成诗。荷风学他"散步"，在日本第一个把散步作为思考的对象。他写道："洋伞当拐杖，趿拉着日和木屐行走市里时，我总是把便于携带的嘉永版江户区域图揣在怀中。这并不是讨厌今时出版的石板印刷的东京地图，特别爱慕过去的木版绘图。而是因为趿拉着日和木屐沿着现代街道走下去，边走边核查过去的地图，自然不费力，眼前就可以比较对照江户之过去与东京之今天。"这样的散步其实应该叫逛街，再往远处去就是旅行了，所谓散步，一半是比喻。荷风的散步不是"咏凉天"，而是从东京的新颜寻找江户的旧貌，进行文明批评，写下了《日和木屐》《墨东绮谭》等。他本人是散步文学的主人公。现而今散步东京，想带些文学色彩，发思古之幽情，就得读荷风的作品，跟他走。

年轻人的胜地涩谷百余年前是东京的西郊，国木田独步在那边散步，著有《武藏野》。司马辽太郎的《街道行》连载二十五年，死而后已，结集四十余册。集名或用纪行，或用散步，游走日本及世界，滔滔陈述了司马史观，可谓之散步历史。江户时代有个叫铃木牧之的，卒于1842年，是越后（今属新潟县）的布匹商，到江户贩布，震惊于城里人不晓得越后多雪，奋然援笔，从雪花结晶到雪国的人情风俗详加著录，于是有《北越雪谱》传世。川端康成参考它，写出了"穿过国境的长隧洞就是雪国了"。

散步文学也属于纪行。日本自古有纪行传统。江户时代是泰平之世，不再有战乱年间的恐怖与忧愁，交通也发达，旅人不绝于途，纪行之类著述尤为丰富。例如贝原益轩的《木曾路记》、橘南蹊的《东西游记》、小津久足的《陆奥日记》。无人不知的《奥州细道》在当时是俳人圈子里的名作，社会上并不出名，其文学性被后世推举，但那种文学加工恰恰减损了纪行的真实性。

纪行，近则散步，远则行旅，是地理空间的移动。地理与文学的关系再密切不过了，写景是地理自然之景，而村上春树的"我"去北海道找羊，"途中进书店买了北海道全图"。村上小说有穿越之妙，但笼统说来，日本小说中描写的地理空间每每是真实可信的。田山花袋说："踏查，我从地理学学来了这个踏查。我感到，书信比日记重要，踏查比书信重要。历史地理这门学问是很有意思的学问。我藉《乡村教师》考虑了小说地理。在小说制作上，我尊重实在，这绝不是消极的，而是积极的。我认为和史家探访古城、地理学家踏查山岳同样。"这不是自然主义文学家的迷思，似乎日本文学整个有一种地理学色彩。例如松本清张揭露税务署腐败的推理小说《歪扭的复写》，写道："深大寺在东京郊外，离中央线三鹰站数公里的冷清之处。那里有一座叫深大寺的古老寺庙，附近的荞麦面也很出名。"这段描述迄今仍有效，深大寺仍坐落在那里，叫卖最欢的仍是荞麦面。从三鹰站乘巴士前往，却不再是冷清的去处了，兴许与清张涉笔也不无干系。正因为不姑隐其名，不取名滨海、靠山什么的，当地得以用文学招徕游客，到此一游也就成了文学散步。书中人物走的路，过的桥，那些固有名词也酿成怀旧的氛围。不过，这种真名实地的描写手法也带来弊端，时常有作家把景物写得像产品说明、旅游指南。

20世纪以来,现代城市及大众社会迅猛形成,城市社会同时产生了两样东西:散步和侦探小说。散步是城里人的行为,而侦探小说是以城里人的淡薄人际关系为土壤产生的,作为那淡薄人际关系的代偿而获得的锐利眼神就是侦探小说。欲望与孤独,贫富差别,在制度化的城市里发生各种各样的犯罪,为侦探小说提供素材。推理(侦探)小说时常被称作城市小说,岛田庄司甚至把1970年代以后兴起的东京(江户)论研究成果巧妙运用于推理故事,创作了《火刑城市》等。没有侦探(推理)小说的城市是畸形的。东京城里有一条电车环线,几乎所有的车站都在推理小说家的笔下发生过杀人事件,而现实的东京是世界最安全的大城市,很适于散步。

明治时代很多文学家住在东京的山手,如森鸥外、夏目漱石、泉镜花、永井荷风,那里是他们的生活空间,也是小说的舞台。读作品中的地理空间,头脑里会描绘出一幅作家对当时地域的认知地图。江户川乱步的侦探小说保存了1920年代的东京,而松本清张的推理小说裸露着1960年代的东京,两相对比,呈现出城市文化的沿袭与变貌。作家是解读城市的读者,用符号、话语把过去的城市留存在文学之中,而文学的读者迈开双腿,去接触现实中犹存的城市,"散步文学"与"文学散步"便走到一起。

从史学到文学

新潮社第二次刊行《隆庆一郎全集》，每月一卷，于2010年7月出齐，计十九卷。

二十年前的1989年3月隆庆一郎出版《一梦庵风流记》，10月获得柴田炼三郎奖，写下《获奖之言》，说："回首已六年，始自迎来六十岁，叫什么还历，返回了奇妙的赤子之日。我厌倦了以往的生活方式。想过新的生活方式，不是影像，决意用文章，并采取传奇的手法，重新建构历史事实。今年正好是六年。六年之间问世了长篇小说五部、短篇小说集一部、随笔集一部。单算小说是六部，可说是奇妙的巧合。今年以小说第一次获奖，而且是冠以柴田炼三郎这位传奇式武士小说家之名的奖，更是奇妙的巧合，大为感动。"11月，隆庆一郎因肝硬化溘然长逝，享年六十有六，彻底巧合了。

武士小说，日本叫"时代小说"，所谓"时代"，主要是江户时代。这类小说大都以江户时代为背景或舞台，即便写市井，一般也少不了武士。隆庆一郎为什么写武士小说呢？答曰："因为死人比活着的人靠谱罢。"人们有一个印象，写武士小说以及历史小说的作家多是低学历，如吉川英治、山冈庄八，但起码隆庆一郎毕业于东京大学文学部法文科，大江健三郎是后辈。他生于1923年，作为学生兵入伍，转战中国，行囊携带了法国诗人兰波的《地狱一季》。战败后复读，毕业正赶上辰野隆教授退休，开筵纪念，隆庆一郎初次见到前辈小林秀雄，说：我想在先生手下工作。小林喝着酒，说：可以，明天来吧。于是隆庆一郎在小林执掌编辑业务的出版社当了两年编辑，深受其熏陶。后到大学执教，31岁开始写电影脚本，数年后辞去教职。写脚本用的是本名池田一郎，大约编创了一百二十部。1983年小林秀雄去世，翌年，隆庆一郎在周刊上连载小说《吉原恩准》，摇身一变为小说家。文艺评论家秋山骏据此推测，小林在世，隆庆一郎不好意思写，因为他要写的命题跨出了小林世界。此说流传为逸话，但实际上隆庆一郎早就着手写小说，乃至大忙，不时在脚本上一笔带过：此处由导演处理。不愿让人联想剧作家写小说，所以用笔名隆庆一郎，世间以为与恩师辰野隆的名字有关，其实,这是一个小酒馆的老板娘越俎代庖给他起的。

隆庆一郎的武士小说有什么特别之处呢?在随笔集《武士小说的愉悦·后记》中,他写道:"现代历史学处于巨大的转变期,这也是我偏向武士小说的理由之一。一言以蔽之,那就是相对于以往的农业定居民的视点,开始同样重要地重视非农业民的视点。没有固定的土地和房屋、一辈子放浪全国的人们,还有渔夫、山民、走卒,用这样一种自由人的眼睛眺望历史,究竟会展现怎样的情形呢?这真是说不出的快乐有趣。"这就是秋山骏所说的跨出了小林世界。日本列岛自古形成以农耕为基础的社会,历史与文学一向从定居的"常民"角度书写,不关注"非常民",如渔夫、山民、工匠、走卒、艺人,以现代来说,譬如《伊豆舞女》(川端康成)中的江湖艺人们。他们没有土地,脱离了支配与束缚,处于体制外,是一种自由人(同时是饥饿的自由、路倒的自由),四处漂泊。虽然各具才能(若无一技之长,那就只有死),为社会生活所需,但农耕文化把持话语权,他们就属于不务正业。隆庆一郎留意史学研究的动向与成果,例如史学家井上锐夫指出抵抗织田信长"天下布武"的一向教起义主力是农民之外的各色人等,所著《一向教起义研究》甚至使隆庆一郎兴奋异常,打开了全新的眼界。他用丰富的想象力将网野善彦在《无缘·公界·乐——中世日本的自由与和平》中论述的日本史之中的异常空间加以具体化、文学化,描写那些抗拒为政者、追求自由的"非常民",令这位独树一帜的史学家也拍案称奇。网野学说在学界有点被默杀,大概他不无从文学上获得知音与援助之感罢。隆庆一郎不是把历史虚构化,而是用虚构来捕捉历史。他"痛切感到,也包括我在内,小说家不学习。暗暗燃起敌忾心:岂能输给史学家"。

《吉原恩准》的主人公是皇子,母亲被德川秀忠派忍者惨杀,宫本武藏救出他,在游女(妓女)世界里抚育成人。所谓游女的游,隆庆一郎说就是漂泊的意思。《一梦庵风流记》的主人公前田庆次郎也是与乡土亲朋断绝了缘分的漂泊的自由民,所谓"倾奇者"。关于倾奇,隆庆一郎曾写道:那就是倾于奇,好奇,夸示奇。为何好奇?一定是因为对现实不够满意,或者因为自己拥有的生命力超过卑微的现实。因为梦过大,生命力过强,又因为急于活,就要夸示奇。神话的素盏鸣尊是倾奇者的原点,战国的织田信长、丰臣秀吉都是倾奇者。前田庆次郎身躯魁伟,使一杆赤柄长枪,彻底反权力、反权威,这种形象在任何时代都活在男子汉的梦中。隆庆一郎塑造的前田庆次郎性格复杂,行动飒爽,非常有魅力,但好多人读过的,并不是他的小说,而是《北斗神拳》的作者原哲夫据之创作的漫画。

武士小说是历史衣冠现世心，隆庆一郎基本取材于战国末到江户初。他不大喜欢净是完全脱离史实的虚构，《影武士德川家康》基本依据了德川家的正史《德川实纪》，但小说比史学家写的东西有意思，就在于作家可以在没有史料的世界里驰骋想象，把历史和传奇混为一谈。山冈庄八写德川家康从呱呱坠地写起，而隆庆一郎从关原战役落笔，开战不久德川家康便被杀，小说主人公是影武士——替身德川家康。替身之说，明治年间一个叫村冈素一郎的人已经在《史疑德川家康事迹》中探究，1960年代南条范夫也写过推理小说《三百年的面具——异传德川家康》。隆庆一郎坚信此说，根据之一是家康打下江山，才两年就让给了儿子秀忠。作家的本领不仅能想象，还要能自圆其说。隆庆一郎找来的替身世良田二郎三郎是说唱艺人之子，也是被轻贱的"非常民"。他没像电影《让子弹飞》的替身去替死，而是要继承正身的遗志，与秀忠暗斗十五年。

　　五味康佑、柴田炼三郎死后，秋山骏一度对武士小说的前途失去信心，未及时阅读隆庆一郎，懊恨是个人读书史的伤痕。他说："从文学来说，隆庆一郎在谁的眼里都毫不迟疑地映现丰富的创造与发明，是我们文学中稀少的幻想力巨匠。"隆庆一郎好酒，有人说他少喝一半，就能活得更长些，但他有言在先："长生绝不是美德。"

恩仇何曾一笑泯

日本人喜好复仇故事。

井上厦（小说家、剧作家、日本笔会会长，卒于2010年）说：复仇，这种故事类型在世界上普遍存在，但日本人尤为偏爱。他写过复仇的戏剧，长篇小说《吉里吉里人》也是写复仇幻想。更早些的菊池宽（小说家、出版人）迎合大众的喜闻乐见，擅长写复仇小说，如《复仇禁令》《恩仇彼方》《复仇三态》。当代小说也常以复仇为题材，例如垣根凉介的长篇小说《野魂》。复仇，一听就诱人，更是武士小说的传统主题，远胜过爱情。

喜好源自生活。

复仇，日语通常叫"仇讨"或"敌讨"，这是要杀人的，一命抵一命。不杀人，以牙还牙、以眼还眼，充其量是报复罢日本历史上复仇事迹多，报恩故事少。民间传说有龟报恩、鹤报恩，然而人总是不守信，总是要窥见隐私（虽然人类或许正是靠这种心理而不断进步），结果就不欢而散。民主党的小泽一郎竞选党代表，前总理鸠山由纪夫予以支持，说这是报恩，因为借小泽之力，他当了九个月总理，但民众对他的话不感兴趣。人不能像其他动物那样独自活，便蒙受太多的恩惠，父母养育之恩，师恩友恩，以及莫须有的比山高比海深的恩，从小被教育感恩报恩。中国讲报恩多于复仇，司马迁《刺客列传》的主旨是报恩而不是复仇，譬如荆轲刺秦王，乃是受燕太子之托，士为知己者死，并不是出于本人的深仇大恨。中国总觉着自古有恩于日本，日本却不以为然，这两个民族恐怕就难以想到一块儿去。

大唐年间，张审素受贿事发，杨万顷处理，审素受死，家属徙边。开元二十二年(734)，审素之子张琇遇赦回京，尚未成年，和弟弟张瑝一起刺杀杨万顷。皇帝李隆基嘉其孝心，不予法办，但司法部门不同意，坚持执法。张琇被处死，有人诔之曰："冒法复仇，信难逃于刑典；忘身徇孝，诚有契于礼经。"就是这一年，一个叫井真成的日本留学生死在长安，皇上哀之。前一年(733)，日本第十次遣使来唐，留唐十八年的玄昉和吉备真备随船回国，说不定张氏兄弟复仇的故事也传到日本。复仇冒法与徇孝忘身是复仇的千古矛盾。复仇带有一个情字，很容易打动人心，况且人们也借以发泄对恶势力及当权者的怨恨，这正是武士小说有读者市场的根由。

复仇或许是人类具有了血族意识以后所形成的本能，而作为伦理思想，日本也溯源于中国，即《礼记》有云：父仇不共戴天。江户时代更崇尚朱子学，何止于父，君父之仇不共戴天。

日本最早的复仇事件，有案可查，却未必可信，发生在公元456年。第二十代天皇安康天皇杀害叔父大日下王，夺其妻长田大郎女，立为皇后。目弱王（眉轮王）随母给安康天皇当儿子，七岁时偷听到本事，乘其熟睡行刺。被捕，慨然道：不求天位，唯报父仇而已。《日本书纪》是汉文编年体史书，奇文共欣赏，关于眉轮王复仇，写道：穴穗天皇（即安康天皇）意将沐浴，幸于山宫。遂登楼兮游目，因命酒兮肆宴。尔乃情盘栾极，间以言谈。顾谓皇后：汝虽亲昵朕，畏眉轮王。眉轮王幼年，游戏楼下，悉闻所谈。既而穴穗天皇枕皇后膝，昼醉眠卧。于是眉轮王伺其熟睡而刺杀之。

12世纪前半成书的《今昔物语》也讲了一个复仇故事：平兼忠的随侍小时候父亲被人杀了，某日，兼忠之子维茂从外地来祝贺老子荣升，兼忠悄悄告诉随侍，跟随维茂的太郎介就是他的仇人。随侍乘太郎介醉卧杀之，得偿夙愿。维茂要求父亲处置随侍，兼忠大怒：难道我被人杀了，你不报仇吗！

日本流传有三大复仇故事，其一是曾我兄弟复仇，发生在1193年。因争夺领地，工藤祐经被同族河津祐泰杀死，妻满江改嫁曾我祐信。祐经的两个儿子祐成和时致长大，听说镰仓幕府第一代将军源赖朝到富士山麓围猎，料想祐泰必随行，便潜入营地。找到祐泰的寝处刺杀他。惊动了卫士，兄弟高呼"替父报仇"，但雷雨淹没了呼声，祐成被砍死，时致被捕，也当即斩首。

1603年德川家康受封为征夷大将军，在江户（今东京）开设幕府，独霸天下，自此至1867年第十五代将军把大政奉还天皇家，长达二百六十年，史称江户时代。所谓"时代小说"，大都以这一时代为舞台，且译作武士小说。江户时代人分四等，士农工商，士（武士）是领导阶级，即便写市井，也少不了武士登场。武士有一个特权，他们才可以腰间插两把刀，一大一小，就叫作"大小"，有特权也有义务，那就是用刀警备。天下太平，武士不再是诸侯争天下岁月的战士，平常日子里行使武力，无非三样：斗殴、滥杀、复仇。打架斗殴是勇敢的象征，遇事不敢上前是懦夫。着火和打架就成了江户两朵花。庶民(农工商)言行无礼，有所冒犯，武士可拔刀砍杀，以示领导阶级的地位及名誉是不容侵犯的，并借以保持身为武士的胆气。家康百条遗训有这样的训诫：登记在案，可如愿为父母复仇，但不许冤冤相报，没完没了。只许子报父仇、弟报兄仇，不许反过来。因受辱而自杀，不可为之雪恨。复仇成风，幕府认可复仇，大概也意在把复仇限制在最小范围内。幕府派在京都管理朝廷事务的官员板仓重宗曾指令：可以在京都内外为父报仇，但宫廷禁地附近及神社、寺院之内不可。所谓家康遗训出现于江户时代初期，真假莫辨，而板仓重宗的这条指令是唯一现存的有关复仇制度化条文。

　　日本历史上有两个统治者成功地利用汉文改造了日本人的思想，即圣德太子和德川家康。德川家康并不爱学习，但他知道马上得天下，不能马上治天下，执掌国柄后重用藤原惺窝、林罗山等儒学家，把注重大义名分的朱子学独尊为官学。武士本来是杀人越货的强盗，鼓励他们学习、修养，把自己改造成"士大夫阶级"，渐渐产生了武士的伦理道德"武士道"。说话、着装、发型乃至酒的喝法都有一定之规，必须经常保持武士的矜持。谚语有云，武士饿着肚子叼牙签，此之谓也。战争年代的问题是如何活下来，而和平时代，人生的问题不是生，而是死。因和平而难得一死，而维护名誉提供了机会。名誉，面子也，要面子的事随时随地都会有，武士以此找死，杀人或自杀。对名誉的维护甚至达到了变态的程度，如新渡户稻造在《武士道》里举例：某城里人好意提醒一个武士，跳蚤在他背上跳，当即被劈为两半，理由简单而奇怪：畜牲身上才爬满跳蚤，把高贵的武士看作了畜牲，对这种侮辱岂能容忍。以名誉的名义，复仇由情谊上升为道德。

新发田藩（今新潟县东北），1817年，久米幸太郎七岁，父亲在酒宴上跟泷泽久右卫门口角，被杀。幸太郎十八岁，藩主赐他一把刀、二十两黄金，踏上复仇路。幸太郎不认识仇人，由叔父陪同，做苦工浪迹全国，最终在石卷（宫城县）附近发现了泷泽，出家为僧，但手杖里还藏着刀。泷泽被孝太郎砍倒，残喘道：找一位有大名的学者把我们的事写成诗。孝太郎登门请求汉学家大槻磐溪：您若不写，泷泽就不能瞑目。大槻写了，但他的诗集中不见此诗，一说是孝太郎不满意，给撕了。泷泽年高八十二，幸太郎复了四十一年前的仇，菊池宽、长谷川伸都曾把此事写成小说。石卷市海滨立有一根方柱，写着"久米幸太郎复仇之地"，恐怕被2011年3月11日地震所引起的大海啸冲走了罢。

日本历史古以土器划分，有绳文时代、弥生时代，皇家大权旁落后，历史各阶段以幕府为名，有镰仓时代、室町时代、江户时代。京都的天皇靠边站,德川幕府是霸主,大大小小的藩(诸侯)俯首听命,这叫作幕藩体制。江户时代历十五代将军,其中第五代德川纲吉(1646—1709)最好儒,推行文治。召集藩主办学习班,亲自讲儒学。在各藩立忠孝牌,弘扬忠孝。为扫荡战国时代遗留的杀伐之气,下令怜生,却搞得过头,打了对人狂吠的狗就被在左臂刺犬字,打死一只叮脸的蚊子也会被流放,人命为贱,结果被叫作狗将军,遗臭至今。偏偏有四十七个人公然向他叫号,给幕府出了一道难题,这就是赤穗事件,日本历史上最大的复仇事件。

大致是这么回事:元禄十四年,即我大清康熙四十年,公元1701年,幕府派浅野长矩负责接待天皇派来的敕使。浅野是赤穗藩主,担任幕府的内匠头(管辖府内工匠)。在江户城(将军的城池,今皇居)里的走廊上,浅野从背后给了吉良义央一刀。吉良职司幕府礼仪,浅野向他请教,但他嫌礼轻,不仅不指导,而且恶言恶语,令浅野怀恨。复仇故事从杀人开始,以杀人解决问题,把仇家树立为坏人,人神共愤,便有了基本价值观,惩恶扬善。三大复仇的仇家工藤祐经、河合又五郎、吉良义央在舞台上都被塑造为坏人。也有人肯定吉良,如菊池宽的《吉良的立场》、森村诚一的《吉良忠臣藏》。将军所居,公事活动之际,即便怒从心头起,也不可拔刀行凶，所以浅野的举动很有点匪夷所思。或许表明了当时武士多么看重名誉，以及动辄拔刀行凶的风气之严重。纲吉大怒，令浅野即日切腹，籍没其家，家臣都成了浪士，即丧家犬。武士带刀，斗殴很可能发展为武斗，所以幕府有一个规定：吵嘴打架，不问青红皂白，双方各打五十大板。纲吉罢黜贪官，改革弊政，整肃纲纪，而政治原理之一是赏罚分明，一碗水端平，但是令浅野自裁，吉良却像个没事人似的，这样的处理就不免偏袒一方。赤穗浪士的复仇理由书咬定当时发生了口角，浅野冲动拔刀，幕府不惩处吉良，是为不公。元禄十五年十二月十五日，未明，大石良雄（通称内藏助，"忠臣藏"的藏也可能指他）率四十六名浪士杀进吉良宅邸。汉学家山鹿素行批判朱子学，被流放到赤穗（今兵库县西南部），这个大石曾跟他学习孙子兵法之类的兵学。杀了吉良，割下头颅祭奠浅野，墓在东京泉岳寺。然后这些人并不痛痛快快地切腹，却是把状子递到府衙，要讨一个说法。忠是封建制的精神基础，纲吉更格外倡导对主人忠、对父母孝，浪士们敢于为主子复仇，是"万山不重君恩重"（大石的诗句）的具体表现，若处以极刑，岂不就公然否定忠。可聚众闹事，夜闯民宅，实属于破坏秩序的违法行为，听之任之，国将不国。承认赤穗事件的正当性就等于幕府犯了错，需要给浅野平反。行事果断的纲吉也举棋不定；儒学家们展开一场大论战。议题无非唐朝论争过的："冒法复仇，信难逃于刑典"，与"忘身徇孝，诚有契于礼经"。大儒荻生徂徕主张：其事虽义，于法不容，最好的办法就是按照武士之礼处罚，让他们切腹。一个多月后，将军下令，四十六名武士切腹；其中一人不知去向，这也为文艺创作提供了想象的余地。其实，赤穗浪士并非单纯为主人报仇，也出于名誉意识，扬名并荣耀门第。果不其然，社会上一片叫好声，把他们捧为义士，而纲吉被定型为昏君，臭名昭著。

赤穗事件过后不久就搬上舞台，叫《假名手本忠臣藏》。"假名"是日本字母，"手本"是样板，"藏"就是仓库，所谓宝藏，这里是忠臣之藏，所以曾有人译作忠臣库，一仓库忠臣，足见其多。仿效竞起，以致形成了一个忠臣藏类型，甚而成为表现日本文化的一个关键词。《假名手本忠臣藏》充满了义理人情，为庶民所好，似乎也导致《菊与刀》之类著述对日本观察有误，把舞台当作世间，虽然世间大舞台。现今忠臣藏故事也常见于书店，长演于电视，但出题考学生，半数答不上浅野内匠头长矩怎么念。

杀奸夫淫妇的价值判断就简单多了。据幕府档案记载，自18世纪初，一般的复仇减少，而女人出轨，申报杀奸夫淫妇者增多。名誉关天，妻偷情暴露在光天化日之下，找奸夫算账是武士的义务。纵然一庶民，这种复仇也名正言顺，不构成杀人罪。不过，哪怕是女人上当受骗，男人复了仇也不是滋味，所以在藤泽周平的小说《武士的底线》里，瞎了双眼的武士挥刀砍杀了骗奸的坏上司，夫妻和好如初，但一切都悄悄地进行。

江户时代各地藩主定期到江户参觐幕府将军，驻在江户，近乎人质，以此明确主从关系，集权于中央。藩主进京(江户)，一路招摇，像巡游一般，以致日本人迄今犹喜爱沿街观望长跑之类的活动。这样耗靡，割据一方的藩就没本钱造反。藩主们带来大批武士，使江户满街单身汉，兴隆了吉原等处的烟花巷。留守在家乡的婆娘或许一时把持不住，给丈夫戴上绿帽子，便惹来杀身之祸。不仅杀淫妇，还必须杀奸夫，倘若逃走，那就要追杀。这大概是日本独特而愚昧的通奸处理法。我们的武松打虎是英雄，杀奸夫淫妇为哥哥复仇却触犯法网。不追杀就丢了面子，被人笑话，对于武士来说，首先不是伦理问题，而是名誉问题。近松门左卫门的净琉璃《堀川波鼓》演的是彦九郎到江户驻在，妻阿种好酒，因酒乱心，和鼓师苟合。彦九郎跟着藩主的浩荡队伍回乡，有人向他暗讽其妻通奸怀孕。阿种的妹妹阿腾为了救姐姐，让彦九郎休妻，自己续弦。彦九郎的妹妹由良受牵连，被休回娘家，拿出嫂子通奸的证据，阿种自杀。彦九郎带着儿子和由良、阿腾追到京都，诛杀了鼓师。

容许寻仇私了，恐怕也是与警力不足有关。江户是人口百万的大都市，分为北町、南町，町奉行（京兆尹）掌控行政、司法、警察，手下各有捕快皂隶百余人，显然不敷用，只好由个人执法。而且各藩割据，藩里出了凶手，捕役不能越界追到别的藩，而个人以复仇的大义能通行无阻，走遍全国。武士是上班族，立志复仇，须事先向所在藩府请假：父或兄被谁杀死，若置之不理，就丢尽了武士的面子，所以，追到天涯海角也要干掉仇家，云云。藩府把材料呈报幕府有司备案，然后停薪留职，藩府还可能给一笔费用，带上介绍信外出寻仇。一旦杀死了仇家，有案可查，在江户也好，在哪个藩也好，不会被当作寻常杀人事件。但申请不是义务，若没有登记在案，就需要事后审查，属于复仇则无罪。复仇成功，回乡复职，还可能得到表彰，增几石禄米。父亲被杀，嫡子若不复仇，则不能世袭其职，继承家业。复仇之前，仇人一命呜呼，这可不是恶人有恶报，天助我也，而是复仇之志未酬，回藩也不能复职，不得不另谋出路。

复仇是正当的，但不是一件容易的事，成功率很低。《日本书纪》成书于720年，由此算起，到明治政府下令禁止，千年复仇史，总计约一百四十余件。这些记录在案的事件是如愿以偿的，按成功率为百分之一计算，实际上复仇行为不可谓少，大都发生在江户年间。武士社会的复仇还讲究一定的规矩与形式，比小说更离奇，乃至本来古已有之的复仇及剖腹竟像是江户时代所特有的两大风习。复仇有如民俗，给人以日本是复仇民族的印象。一些美国人认为，1941年日军偷袭珍珠港不就是报复1853年美国用炮舰敲开了日本锁国的大门吗？1945年日本战败，占领军担心被复仇，收缴日本刀，禁演复仇剧目，吉川英治的《宫本武藏》等武士小说一度也列为禁书。

与人结仇，一旦被杀了，也是丢面子，山鹿素行的《武教全书》便教人千方百计地逃匿，哪怕被视为卑怯之徒也无所谓。仇家逃之夭夭，不能像当今在网络上人肉搜索，寻仇非常难。曾有人统计，复仇所需时间平均约十年零三个月，真所谓君子报仇十年不晚。最长的纪录是东北地方有一女，七岁时母亲被同村的源八郎杀死，嫁为人妇，知情后决心复仇。由认识仇人的表兄陪伴，四处寻找，意外地发现源八郎竟然就在附近的寺庙当主持，从背后把正在喝茶的源八郎刺杀，这时她已经六十岁。藩主予以嘉奖，赏银十枚，问她：终遂本愿，今之所感。答曰：唯感谢仇恨。

两条腿跋涉，上穷碧落下黄泉，寻仇生活之艰辛，单凭感情恐怕是难以持久的。民俗学家折口信夫就说过："只是为所爱的人雪恨，不可能这么坚持复仇。"错在父亲，也必须复仇，这是一个义务。复仇本来是个人的事情，但一旦得到藩府认可，并呈报江户幕府，性质就变了，由私变公，此仇非报不可。武士是侍，是家臣，名誉不光是武士个人的事，也事关他所属的"家"——藩的名誉与秩序。复仇是美德，却也是责任，复仇者的命运为之一变。早日凯旋，风光无限，不然，这辈子为复仇而生，颠沛流离。时间能消磨一切，当初的激情也日益淡薄，反倒被复仇的义务所折磨，承受孤独与苦楚。没有非凡的意志，难免不半途而废。

1833年，酒井家的家臣山本三右卫门执勤时被盗贼龟藏杀害，女儿丽瑶决心复仇。叔父山本九郎右卫门愿意协助，但劝阻丽瑶同行，约定由弟弟宇兵卫和他，还有家臣文吉，三人外出寻仇，发现了仇家再叫上她。经年累月，走了很多地方，最后却听说龟藏又回到江户。九郎右卫门在神田桥外的护持院原抓住了龟藏。叫来丽瑶，九郎右卫门给龟藏松了绑，丽瑶大喝一声"替父报仇"，连砍三刀。龟藏血染夏草。酒井家派来轿子迎接，对女性的义举大加赞誉。又鉴于宇兵卫中途脱退，沉溺于青楼，未参加复仇行动，决定由丽瑶继承山本家。九郎右卫门也增加禄米百石。森鸥外把这个事件写成了小说《护持院原的复仇》，他让弟弟在寻仇的艰难中发生疑问：这么消磨自己的人生有什么意义呢？靠什么来支撑自己历尽磨难？神佛真的会帮助自己吗？

复仇路上故事多。很爱写复仇故事的武士小说家池波正太郎说：复仇者和仇家都不断地濒临人生的悬崖边，逃走，追赶，展开必死的生活情景，那种状态也多种多样。不仅是他们二人，还有他们的家属，以及环绕他们的社会、经济状况。有时甚至在政治方面产生大问题，这样就不是单纯地描写复仇，而是当作种种环境中发生的人的戏剧所共有的主题。

武士小说里常写到"奉命讨贼"，执行主子的命令，或者杀奸夫淫妇，就不可以复仇。凶手要溜之大吉，当场杀了他，算作代权力处罚，亲属不可以复仇。复了仇，对方不能再反过来复仇。江户前期，山形有一个叫阿部弥市左卫门的，为人轻浮，被松井三七给杀了。弥市左卫门的弟弟与右卫门替兄报仇，杀了三七。本应到此为止，但三七的弟弟权三郎又杀了与右卫门。与右卫门的外甥重太郎又为舅舅复仇，杀了权三郎。权三郎的堂弟源八再追杀重太郎，下文不得而知。山形的藩主被幕府训斥：纵容这么杀下去，山形的男人不都得死光吗！

为父兄复仇是孝行，这种行为并不是武士的特权，影响所致，农民、商人、工匠的复仇事件也日见其多。幕府非但不禁，而且鼓励。复仇是武士的侠客梦，也是各色人等的千古侠客梦。从江户复仇事件来看，越是身份低的人越爱搞这种事，身份高的人比较少。因为一旦复仇成功，就成为英雄，能多少改变低贱或贫苦的境遇。法国的基督山伯爵不是因复仇而富，而是富了之后才得以复仇，用复仇来打发富裕的日子。日本穷人梦想发复仇财，大都是空耗一辈子而已。

见人复仇，即便请求，衙役也不许出手相助，只能维护现场，处理后事。复仇者和仇家都可以找帮手，叫作"助太刀"。特别是女人或孩子复仇，大都要请人帮忙，当然是和死者关系比较深的人，同仇敌忾。因为是助拳，不到万不得已的关头不出手。津本阳有一个短篇小说，写的是史上有名的高田马场决斗：元禄七年（1694），村上庄左卫门吊儿郎当，被六十多岁的菅野六郎左卫门训斥，怀恨在心，逼菅野决斗。作为武士，菅野不能不应战。第二天早上，去高田马场决斗之前，派仆人市助给堀部安兵卫送去一封信，托付后事。他们是同一武馆的好友。安兵卫当即向主人告假，赶去助拳。虽然刀法已小有名气，真动刀却是头一遭，路上喝了几杯水酒壮胆。到场时决斗已经开始了。村上一侧有弟弟三郎右卫门和枪术师傅中津川祐见协助。村上和中津川夹斗菅野，三郎右卫门对付市助。菅野已多处受伤。安兵卫愤然上前,接连把对方三人砍倒。菅野被抬回去,不治身亡。后来安兵卫参加赤穗事件,四十七士当中唯有他事前实际砍过人,切腹而死时年仅三十四岁。

仇家慨然应战,使复仇者了却心愿与义务,也算是仁义。藤泽周平是武士小说家,文艺评论家丸谷才一称赞他:每有新作问世,对于为数众多的日本人来说,是比政变、比股票涨跌都大得多的事件。藤泽四度入围,终于以《暗杀的年轮》获得直木奖,但自认《又藏之火》写得更好些。这个属于他早期阴暗色调的短篇小说取材于史实:庄内藩的藩士(武士)土屋久右卫门丧子,过继了同僚的三儿子才藏夫妇,继承家业。不当户主了,妾给他生下万次郎、虎松两兄弟。才藏打算把女儿嫁给万次郎,续上土屋家血脉,但万次郎拒绝,竟从此放荡。才藏与同族聚议,把万次郎关在房间里。万次郎逃走,脱离庄内藩。两年后返回藩里,旋即被捕,押送途中乘隙拔刀,被才藏的女婿丑藏斩杀。虎松去江户拜师学艺,苦练了刀法,改名又藏,回庄内复仇。1811年阴历9月22日,估摸丑藏给父亲扫墓,又藏在总稳寺附近待机。丑藏果然前来,他劝说这位父辈善罢甘休,但又藏不听。你来我往,都身负重伤。丑藏说:这事儿必须有个了断,既不伤土屋家的体面，你也得以雪恨。二人对刺而死。寺内立有石碑，上书：土屋两义士相讨之地。还塑有像，1933年为打仗献铜献铁，塑像也献了出去，现在的是重新打造的。总稳寺在鹤岗市，这里是藤泽周平的故乡，他的小说使不起眼的历史故事出了名，市府在寺门前竖起"看板"，抄录了一段《又藏之火》：说时迟，那时快……

因喝酒下棋而闹翻，为偷情夺爱而结仇，事情一开始就是愚蠢的，整个复仇也不过是一场愚蠢的行动。支撑行动的是个人的面子和孝心，无从上升为国仇民族恨，给私仇一个台阶下，所以无化解可言。有时会说到正义，那其实是要求公平，即杀人偿命。赤穗事件归根结底也是为公平而诉诸行动。五味康佑获得芥川奖的短篇小说《丧神》写父亲与幻云斋比武被杀，哲郎太投到幻云斋门下，练成了本事，下山时回手杀死了送行的幻云斋，丝毫不像中国的武侠总要为情或义动摇、痛苦，用冤家宜解不宜结来升华思想性。

福尾某的两个儿子和家臣找森胁新右卫门报仇。家臣先混进森胁家，当上了持枪侍从，深得信赖。某日，两个儿子扮作刀商，被家臣领进门。但森胁虎背熊腰，两个儿子难以上前下手，败兴而去。家臣便坦白：你是我原先主君的仇敌，那两个刀商就是主君之子，多年来一直要复仇，昨日总算得到了机会，却不敢动手。请杀了我罢。森胁说：你是个忠臣，我照样用你，你可以伺机杀我。虽然有机会，家臣却始终鼓不起复仇的情绪。过了三年，森胁说：从今往后要死了心，给我当忠臣。家臣说：可我还是想去照看旧主君的孩子们。请辞而去。下文如何，未见流传，看来是不了了之，仿佛奴仆替主子化解了恩仇。

小说也有写握手言和的，例如菊池宽的《恩仇的彼方》。1732年，一个叫禅海的僧人云游，来到耶马溪。这一带巨岩险阻，无路可行，常有人坠崖。他在岩下盖了茅屋，决心开出一条路。村人都认为他是一个疯僧。除了托钵求一点吃食，禅海默默用一锤一凿敲打岩石，不舍昼夜。二十多年过去，来了一个武士，对形如骷髅的禅海喊了一声：福原市九郎！锤声停止了。武士拔出刀。原来这个市九郎跟主人的爱妾通奸，主人要杀他，反被他杀。市九郎逃出江户，出家为僧。主人之子实之助修炼了刀法，踏遍青山寻仇家。禅海说：我一直等着这一天，不再逃匿，请动手罢。村人们替禅海求情，说：不可饶恕的话，那就让他完成大业罢，我们帮他干。翌日全村人都来了，实之助也一起干。三年后岩洞贯通。至此禅海整整挥凿三十年。实之助想：同样的岁月，禅海开出一条路，自己却一味在寻仇。他认为市九郎已经赎了罪，返回江户。

禅海确有其人，托钵化缘，雇石工开凿三十多年，凿开了"青之洞门"，在大分县本耶马溪町，长三百余米。而今隧洞被扩大，可以走汽车，犹如菊池宽给史实添加了复仇及化解。

江户幕府日薄西山之际，儒学家坂井虎山作诗感慨复仇之两难：若使无兹事，臣节何由力；若常有此事，终将无王法。王法不可废，臣节不可已，茫茫天地古今间，兹事独许赤城士。

1873年2月，明治政府司法卿发布"敌讨禁止令"，严禁复仇。令曰：杀人是国家的大禁，处罚杀人者是政府的公权。自古有旧习，把为父兄复仇当作子弟的义务。虽然出于至情而不得已，但毕竟以私愤破大禁，以私事犯公权，因而擅杀之罪不可免。

启蒙思想家福泽谕吉1872至1876年撰写《学问之劝》，断然否定复仇行为，就国法之贵谆谆开启民智：破国法复仇的赤穗浪人"其形似美，但其实无益于世"，算不上义士。当时日本的政府是德川幕府，浅野和吉良以及浅野家的家臣都是日本国民，契约了遵从政府的法律，受其保护。家臣们认为裁判不公，为何不向政府提诉？即便是暴政，起初不受理，或者抓人杀人，但四十七个人拼命说理，什么样的坏政府也终将服理，处罚吉良，纠正裁判。这才称得上真正的义士。过去不知此理，身为国民，却不顾国法之重，滥杀吉良，这是弄错了国民的本分，触犯了政府的权力，私下裁决他人之罪。所幸当时德川政府惩处了这些暴徒，圆满收场。若予以赦免，吉良家族必然又报仇，杀赤穗家臣。而家臣的家族又报仇，攻击吉良家族。冤冤相报无已，直至双方家族朋友死绝乃止。无政无法的社会就是这样的。私自裁决之害国者如是，不可不慎。

积习难改，1880年7月颁布刑法及治罪法，但复仇讨敌仍然被当作美谈。这一年11月一个叫川上行义的，二十七岁当兵，得知父亲被杀，便擅自离营，割下了仇人的头颅，仿赤穗故事，供在亡父墓前，翌日自首。报纸大加报道，很快被写成小说，搬上舞台。国法不容，川上被判终身监禁，十五年后遇赦出狱，参加自由民权运动，五十四岁时刺杀政友，以报宿怨，用的是武州名匠锻造的短刀，长九寸五分。被判刑十五年，出狱后又活了六年，寿终正寝。

长谷川伸卒于1963年，是小说家、剧作家，还开办作家学习班"新鹰会"，培养了村上元三、山手树一郎、山冈庄八、平岩弓枝、池波正太郎等一流武士小说家。晚年所作《日本复仇异相》，描述了一些特殊的复仇事例。有人说，复仇好似正义原野上生长的杂草，越是在人心中蔓延越需要法律努力拔掉它的根。武士小说本来以抗拒日本现代化为基调，更像是与法律作对，用所谓正义或人情扶植这杂草。

看园

日本是人工的。

树是修理的,石是摆布的,常听人恭维日本人爱自然,其实他们所爱是加工过的自然。

这是游园时的感想。园在岛根县足立美术馆,1970年开馆,藏有横山大观的作品一百三十幅,但招人远道而来的,更在于庭园。这片日本式庭园占地十五万平方米,景观为六部分:枯山水、白砂青松、苔、池、寿立庵、龟鹤泷。一连九年被美国杂志评为日本庭园第一;也入选米其林旅游指南,三星,值得一游。第一印象当然是惊艳,再就是整洁,有一尘不染之感,却也让人只把它当画看,远眺即足矣,并不想过于亲近。评论家加藤周一说:庭园是人工的产物,但是用人工极力创造一种非人工性空间的印象,比自然更自然。然而，起码从足立庭园来看，树木都施以修剪，看去好似坟丘或馒头，说不上"虽由人作，宛自天开"。精致得以至做作，更像在夸示人工。装自然，反而不自然。

人工是自然的对立概念。除了人之外的一切是自然。自然一词是明治维新以后一个叫西周的人采用的译语，不是道法自然的自然，也不是自然主义文学的自然，叫大自然更明确。加藤周一有一个广义的文学概念，不仅小说、诗歌，也囊括哲学、历史、宗教之类，所以不妨把庭园列入其间。或许庭园本来是文学的。

日本是人工的，甚至人也是加工出来的，那么样彬彬有礼，典型即武士和艺伎(日本写作妓，从中文来看，似应译作伎，以免误为妓)。武士早没了，武士道也不过是文学性想象，虽然可以从现代上班族的身上看到一点遗传。艺伎犹残存，为数不多。京都街头时见三五成群的艺伎，那是花钱过一把艺伎瘾的女人们装扮的，走路的姿态、说话的神情便露出马脚。

京都多寺庙。逛庙大都不为看佛像，而是游园。神道本无教义，无殿宇，当然也没有庭园。后来仿佛教大兴土木，才有了神社建筑。把自然境地划为圣域，不能算庭园。庭园，或一个庭字，相当于我们的园林。营造庭园之事，早年叫园艺，明治年间始称庭园,也是为区别从西方学来的公园。造园的人叫庭师,如今又称作造园家。今人造园,譬如重森三玲的枯山水作品,颇显得大气,也较为繁缛,增添了当代艺术的因素,寓一些唯恐人家看不懂的意,但未经岁月加工,便缺少沧桑感,而这种感觉可说是日本式庭园的本色。有如喜爱旧书的人,玩赏的未必是内容,而是陈年酿出来的那种历史味道。

最妙的是枯山水。这种庭园不用水,以几块石头为主体,象征性地表现自然,始于禅寺,成为日本庭园样式的代表。日本多水,海围四周,泉涌地下,无水不成园,用水表现水也就不足为奇。北京见不到海,反而爱以海为名,悬想而艳羡。对于日本人来说,海是司空见惯的,但是它太大,无法模拟,也令人郁闷。日本人把中国文化改造成自己的文化,似乎有两种手法,一是加以破坏,如庭园的飞石(汀步石),牺牲步行之便,故意弄得很复杂,东一块西一块,破坏左右对称性构造,偏不依中国文化的理性秩序。另是像枯山水这样走极端。曾经沧海难为水,那就以砂石为水,超脱于水。砂石铺地,爬梳出一道道纹理,便好似水波荡漾。大自然有纹理,水面的涟漪,沙漠的风纹,数九寒冬,水波也会冻成冰。枯山水纹理有二十多种定型,甚至说爬梳得令自己满意,自我欣赏,需要下三年工夫。虽然砂是白的,但砂纹如墨,画出了波涛滚滚,那一片白砂就不是中国山水画意义上的留白了。看得莫名其妙，不由地想象为一段公案。京都龙安寺的枯山水最有名，惜乎游人如织，难以像李白那样"静坐观众妙，浩然媚幽独"。忽忆年轻时光下乡务农，春天还冷着，田地起垄，纵目望去那才是一片枯山水。

日本周围是一望无际的大海，岛上有二十一座标高三千米以上的高山，被仰为灵山的富士山海拔三千七百七十六米，是日本最高峰，唯一无二，也叫不二山，而我们崇拜的泰山才一千五百多米。昆仑山横空出世，但那是西王母住的地方，而富士山就坐落在日本人的日常生活中。日本用以比拟的山水母本并不小，又不是以中国似的地大物博、历史悠久为背景，按国土比例，庭园不可谓小。日本人尤善于在咫尺之地点缀个小小庭园，把生活与自然衔接，融会。造园基本不违逆自然，不像西方那样压制自然。譬如西方的喷水从下往上喷涌，而庭园的流水自然而然地从上往下流，若敲响竹筒，更显得空寂。

看庭园总觉得少点什么，原来是园内几乎无文字。中国的名山大川以及大小园林无处不刻字，好似给自然纹身，增加人文情趣，却也破坏自然的本来面目。反感城市现代化的永井荷风说："看梅花而起兴是需要汉文与和歌俳句的素养的。现代的人不再看过去的东方文学，所以梅花被闲却是当然的事情罢。"庭园不曾被闲却，但看什么、怎么看，也需要点素养。

天皇家的祖坟

好像被数着年头,日本今年是平成二十四年,就是说,天皇在位已经有这么长时间了。平成天皇年届八十,日前告诉国民,他死后火葬,不要像以往天皇那样营造大陵寝,以减轻国民的负担。据说乃父昭和天皇死后营造武藏野陵,耗资一百亿日元。传媒称赞皇上,说这是他最后的"革命"。

史上第一个火葬的天皇是702年驾崩的持统天皇,此后皇家多数都效法这位女帝。皇权旁落,江户幕府第四代将军德川家纲执掌国柄的1654年,第一百一十代的后光明天皇死于天花,循例火葬,但有个卖鱼的,叫奥八兵卫,代代为皇家御用,便有了头脸,他深信火葬不仁,况且烧起来大费柴火,四下里游说,精诚所至,朝议改为土葬,就此结束了火葬天皇的历史,一直到昭和天皇。明治年间奥八兵卫的后代还受到追封。明治政府以神道立国，废佛毁寺，一度也禁止火葬。历史学家宫崎市定曾论说，中国自唐代受佛教荼毗的影响也施行火葬，但儒家抵死反对，到了清乾隆年间几乎绝迹，可见"历史的发展未必光是按世界上合理的方向发展"，这话也可以拿来说日本，事实上明治维新以后日本人所思所为常常是倒行逆施。后光明天皇等江户时代的历代天皇都葬在京都泉涌寺，叫月轮陵。那寺里还供奉了一尊从南宋请来的杨贵妃观音，却画着春蚓秋蛇似的胡髭，好像是恶搞。

这些皇陵埋的是天皇无疑，但远古的天皇陵可就难说了，像日本几处有杨贵妃墓一样，传说而近乎胡说。3世纪中叶至8世纪初头，除了北方的北海道和南方的冲绳，列岛各地堆造了为数众多的巨大坟丘，尤集中于奈良、大阪、京都一带，史称古坟时代。这是国家形成的历史阶段，但最古老的史书《古事记》《日本书纪》(合称记纪)编纂于8世纪，此前的历史只是在中国史书中略有记述，因而对古坟进行考古学研究至关重要。不知何故，不像中国及朝鲜半岛，日本古坟都没有墓志铭，墓主难以确定，看来日本人自古做事就暧昧。有一些坟丘异常巨大，大都被认作皇家陵墓(天皇、皇后、皇太后、太皇太后称陵，皇子等皇族称墓)，归宫内厅管辖。这个政府部门管陵墓，也掌管玉玺。它认定四十座古坟为天皇陵，但考古学家们不以为然，说八九不离十的，顶多有五座。

平成天皇是第一百二十五代天皇，这是据记纪排下来的。第一代神武天皇到第九代开化天皇，历史学、考古学完全否定历史上实有这九位，但他们的皇陵都巍然存在，仿佛证明着天皇家万世一系。宁可信其有，记纪说神武天皇即位于公元前660年2月11日，这一天就定为国庆节。记纪的记载不尽相同，结果出现三个神武天皇陵。1853年美国舰队叩日本国门，十年后，在尊王攘夷的热潮中，幕府修整百余座皇陵。今日所见天皇陵都是这次修整的，并非本来的古坟遗容。陵前如神社入口竖起了牌坊，外围石栅，铭刻了名称。水濠环绕，树木葱茏，周围是低矮的民居，好一片田园风光。陵墓前立有宫内厅告示：不得擅入域内，不得捕鱼鸟，不得伐竹木。

不管真假，既然是皇家的祖坟，就圈作圣域禁区，不许参观，也不许入内进行学术考察。1972年发掘高松冢古坟，石室里惊现彩色壁画，由此人们把眼光转向那些巨大无比的天皇陵，例如仁德天皇陵，面积超过埃及胡夫金字塔，与秦始皇陵差不多。要求把陵墓向世人公开的呼声一年比一年高，当然主要是媒体兴风作浪，也不无左翼运动借以反体制。若说掘墓是为了学术，文艺评论家江藤淳反驳：我不认为学问是那么不得了的东西。学者当中人格恶劣的人多如牛毛。国家有远远超越学问的、更为重要的、价值很高的东西。作家竹田恒泰是明治天皇的玄外孙，他的意思是真也罢、假也罢，祭祖如祖在，发掘天皇陵是破坏安静与尊严的行为，绝不能认可。其实，百分之九十多的古坟都曾被盗掘，盗墓贼光顾过所有的天皇陵，他们的供词留下了"考古学的功绩"。陵墓隐藏着历史，发掘陵墓或许能破解日本之谜，但出乎一般人意外，几乎没有考古学家主张挖天皇陵主体部分。他们深知发掘之难，现在尚不具备条件，不仅要投入庞大资金，花费时间和劳力，而且发掘就难免破坏，却未必有收获。学者争名利，媒体争眼球，鼓动行政主导型发掘，对于真正的学术研究只能是有害无益。

几年前日本把仁德天皇陵和应神天皇陵所在的两个古坟群列入申报世界遗产名单，一旦获准，皇家祭祖的地方成为人类共同的历史遗产，就不能游人免进罢。中国总有人跃跃挖秦陵，恐怕也只能怨秦始皇自己，谁叫他二世而亡了呢。

东京城里墓地多

旅游东京,坐车也好,走路也好,高楼丛中常遇见坟圈子。

坟圈子,好像是东北话,现今一般叫墓地,日本也这么叫。东京城里墓地多。一位欧美评论家感叹:初到日本时,例如看见加油站后面有一小片没有围墙的墓地,不由地震撼于人的态度、礼仪、行动中没有生与死的境界。这种说法似有点强作解人,其实,坟圈子本来是远离日常生活的,但城市仿佛无止境地扩展,墓地被围在当中。对于北京人来说,八宝山曾多么遥远,如今那里也高楼林立了。

日本的城市多是在诸侯的居城脚下发展起来的,划分为武家町、市民町、寺町。向远处扩散,寺町在郊外,庙宇相连,具有拱卫城市的作用。墓地本来在这些寺庙的后面。德川家康在名古屋的东、西、南建有寺町，二次大战后城市翻新，把大大小小的寺庙遮掩得不见天日。江户时代金泽的人口规模与名古屋并列第四，也由于未遭逢美军轰炸，寺町犹存。东京的浅草、谷中、三田等处以前是寺町，寺庙散在，游走其间，依稀能领略江户风情。

坟墓为何在庙里呢？

日本人见什么拜什么，源于自然信仰、祖先崇拜的神道有神八百万。没有教义，也不造像，神社供奉的是镜子什么的。神道忌讳死与血，死人、生育、月经皆视为秽，不得越神社前竖立的牌坊一步。电视剧常见刑警对自杀或他杀的尸体合掌，然后才检视，那并非致哀，而是以免污秽。日本有寺庙七万六千座，比便利店还多。6世纪佛教由中国传入日本，起初是佑护国家的，也以死为秽。12世纪末出现所谓遁世僧，脱离体制，打破戒律，也从事送葬，把极乐往生和成佛具象化。1600年兴始江户时代，幕府禁绝基督教，为甄别教徒，规定所有人都要在某个佛寺挂号，充当施主，养活和尚们。这样一来，不管信不信，全民打上了佛教徒的烙印。寺庙变成派出所，管理户籍，若外出远游，需要请寺庙出具通行证。家有丧事，由所属寺庙操办，墓地就设在寺庙背后，这种寺庙叫檀那寺，也叫菩提寺。大街小巷的寺庙多是檀那寺，不对外开放，谢绝参观。葬礼是佛教式的了，还要请和尚给死者起一个戒名。神社人员也统统归寺庙管，死后念经如仪。古老的寺庙如奈良法隆寺，既没有墓地，也没有檀越，那里是传授教义的场所，不经营死人。

一眼望过去，墓地上立着方柱形石碑，镌刻某某家之墓，后面还插了些长条木板，形状像京剧舞台上问斩，插在死囚项后的牌子，"文化大革命"的批斗会上也常见。长条木板的两边略加切刻，便象征佛塔，叫作卒塔婆。每年忌日从庙里购请一枚，年头多了就插成刺猬。上面墨书梵文或汉字，倘若写的是什么居士或什么大姊，那就是戒名。人死后成佛之说，大概就是从戒名这儿来的。

据说，授戒是使之脱离俗界、归入佛门的做法，戒名则表示受了戒的佛弟子的永久法号。宋代编辑的《禅苑清规》有给修行未了身先死的僧侣授戒名的送葬方法，到了日本扩大化，俗人死了也要授戒名，形成有日本特色的佛教式葬礼。前几天导演新藤兼人去世，享年百岁，和先走一步的妻子羽乙信子合葬，碑铭一天字，乃二人之意。他们不信教，没有戒名，但寺庙住持的上辈跟信子同过学，便自作主张，给他们刻上了戒名，一个叫天真院兼室妙信大姊，一个叫天授院映丰兼人居士。居士、大姊上面又多了某某院，身价就更高了。戒名是和尚给起的,当然要付钱。字数越多,譬如大居士、清大姊,价码越贵,甚至贵得足以买辆高档车。诵经要交诵经费,戒名要交戒名费,一码是一码,但佛教界否认收费,说那是遗属自愿布施。2010年有调查统计,丧葬费全国平均为二百万日元。在日本买房子,可以连地皮一块儿买,但是买墓地,其实不能买,只能租,可长久租用。日本和尚又娶媳妇又喝酒,早破了五戒,却煞有介事地为人授戒,怪事咄咄,真有点搞笑。

公元700年,跟玄奘学过法相的道昭入灭后火葬,日本火葬由此始。703年持统天皇也带头火葬,垂范天下。明治维新后一度恢复过土葬,现在火葬又达到99%。尸体烧成灰,装进骨灰罐,再放入自家墓地,祭奠洒扫。檀那寺不再是制度,但死人的事是经常发生的,有地方保管祖宗牌位,自有方便之处,沿袭至今。人们与寺庙的关系几乎就剩下葬祭,本应拯救人的宗教变成了生意,以致被讥为殡葬佛教。从出生、成长到结婚,神道都关与,唯独不管死。人固有一死,神社看寺庙赚钱也不免眼热,学着搞葬仪,叫神葬祭,说是"袚除死者的不净"。现在佛教式约为94%,神道式不过才2%。这种污秽事不能在神社里头搞,图案不用莲,拍手不出声。但问题多多,譬如祖坟在庙里,把神道清净过的骨灰埋哪儿呢？

　　越来越多的人认为佛教式葬礼是一种奢侈，戒名尤为多余。前几年流行一首歌，唱道：请不要在我的墓前哭泣＼那里没有我＼并没有长眠＼化作千丝万缕的风＼吹遍那长空。这意思就用不着坟墓罢。

乱步碎语

不敢为人作序，怕着粪佛头，也不愿请人作序，怕自己就附了骥尾。即便是一只苍蝇，嗡嗡嗡，能飞多远飞多远，那就是自由而快乐的大苍蝇。

侨居日本多年，却飞得不远，譬如绝少去涩谷，从未进过109，不了解女孩子的流行文化（不包括妈妈辈的女孩子，当她们穿起长靴时，恐怕就表明天然女孩已开始弃之了），所以时常读别人写日本，有一点秀才不出门便知天下事的意思。

人心隔肚皮，要了解别一民族之心，所隔更何止肚皮，起码还隔着语言、习性、交际范围等。俳圣松尾芭蕉不也吟咏过：寥廓一声呀，秋深栖暮鸦，孑然僵卧处，隔壁是谁家。日本生活很便利，餐馆门口摆着饭菜模型，给人以感性认识，不至于端到鼻子底下才知道点的是什么吃食，不由地喟叹日本真是个感性胜过理性的民族。国人来日本旅游多起来，最近看见一个出国须知似的东西，告诫国人购物时明码实价，不要跟国内一样随口砍价。也真是偏巧，随即在《周刊新潮》上读到一篇渡边淳一的随笔，这位被中国众读者捧为情爱大师的老作家说，看中一件衣服，标价14万日元，觉得有点贵，跟随的女秘书便自告奋勇，上前砍价，店家不应。在店里转了一圈，她又过去砍，店家终于让步，便宜了4万。原来女秘书是大阪人，大阪购物是砍价的。其实我们说日本，有意无意，常常说的是东京而已。

认识一种文化不容易，哪怕是久居日本，也未必能说得头头是道。侨日不等于知日。在香港的一种文学杂志上读到一篇小说，写道："笔者懂几句日文，看到日本再纯的纯文学杂志，每期都要连载五六个推理小说。那些杂志没有国家补贴，就靠推理小说来补贴。"从简介得知，作者毕业于中国某师范大学中文系，留学日本十年，读完了日本文学博士课程，便不禁惊诧，这样的人居然把纯文学与推理小说混为一谈，尽管是小说家言。日本文学的一大特色即在于把文学分成两种，纯文学与大众文学，纯文学杂志绝不会刊登属于大众文学的推理小说，更不要说每期都连载，而且五六个。文学杂志是出版社(当然是私营)的商品，纯文学杂志再纯，纯得无限地接近自然科学，国家也不能用纳税人的钱来补贴。出版社拿纯文学杂志当看板（招牌），赔本赚吆喝，需要靠图书和其他类杂志维持。动辄想国家补贴，这是典型的中国人想法。

　　旅游者走马观花，往往更容易看走眼。譬如在博客上读到某纪实作家观察日本的细节，好些不大确甚而大不确。他观察到日本的天气预报由男女二人主持，并贴上NHK电视画面，以示眼见为实，但只怕他的观察仅限于此一画面而已，难免管窥蠡测之嫌。日本"别具一格"的，是天气预报在新闻节目之内，主持人予以配合，使之生动，却也未必就一男一女。我们中央台的天气预报在新闻之后，先得看一通广告，然后常见一女人，脸无阴晴圆缺，把左手或右手一开一合地作势。日本民营电视台使用有气象预报士资格的人播报，详加解说，比NHK活泼。

　　又观察日本靴，前头是分叉的，把拇趾和另四趾分开，觉得怪，认为这样的靴穿起来脚趾没有压迫感，很舒服。说来它本来属于布袜子，用厚布做，也穿到室外，近代以后用橡胶做底，矿工穿用，便叫作地下足袋，现在主要是建筑工人当工作鞋，脚趾分开，便于用力抓地。神道搞"庙会"，走街串巷为神抬轿子，男人系一条兜裆布，脚下也多穿这玩艺儿，便演出民族传统。现今地下足袋几乎都是中国造。

以科普、纪实出名的作家尚且记而不实，遑论其他妙笔生花的游记。看一眼便洋洋洒洒写一篇，做高深之状，却诚为臆度，终归是瞎说或胡说。急于发议论，强作解人，而且语不惊人死不休："你在全世界各国都可以吃到正宗的纯正的中国菜，只有在日本，这个遍地是中国菜馆的国家里，你几乎找不到一家，正宗的有中国菜味道的中国餐馆。"这话不就说得太绝吗？既不可能找遍日本，更不可能吃遍全世界各国。介绍日本人日本文化，可以没有灼见，但必须有真知。

中国人了解、认识日本似乎有两个问题，一是自古不屑于知道，到了清末，被人家打败，这才急急了解，背景与心态却始终不正常。知日难，也难在我们一说到日本，便有着太多的偏见、成见，固执己见。菊与刀，虽然并不清楚到底怎么个比喻，却越看日本越二重，仿佛用二重性之说就可以把日本诠释个底儿朝上。可是，兔子急了也咬人，谁都有二重性。恐怕二重性不过是现象，根源何在呢？像任何民族一样，日本也是多面体，它不可能同时把所有的面呈现在你眼前，况且还时常要强调、夸大某一面。艺伎，日本当作传统文化骄人，大肆宣扬，可实际上早已衰微，如今几多日本人有钱招伎呢？就连大相扑比赛，人们也大都窝在家里看看电视罢了。二是上世纪80年代后半以来敞开了国门，却随即出现哈日族，热衷于日本的时尚与流行，障碍了深度的介绍与理解。哈日无所谓对不对，作为个人喜好也可以停留在表层，或者时过境迁，不再哈日，对日本也不感兴趣。但若想有所认知，就应该从哈日进入知日。

汤祯兆的书是知日的书，读了可以知道日本，认识日本。就这本《乱步东洋》来说，记景观不厌其详，大有导游之善意，但太宰治的小说、石川啄木的诗歌、史村翔的漫画，顺手拈来，旅游便充实了文化内涵。这有赖于丰富的书本知识，对日本影视的熟知。所谓乱步，是一种乘兴而来的意境，或许读来真有点乱，这也与此书是结集有关，但心中有序，主题是明确的：追踪日剧之旅、影像之旅、文学的追星之旅。游到香川，不仅旁征日本通唐纳德·里奇的考察，又博引文化人类学者祖父江孝男的《县民性——文化人类学的考察》加以分析，使见闻不至于浮光掠影，不流于一笑了之。即便"偷懒想什么也不去打点"，随团行走，"脑部活动"也不曾中止，尽兴游玩，深入思考。日本不少地方都建有主题公园，作者便借鉴都市研究学者多木浩二的观点，议论城市游戏化，指出："把都市予以游戏化的再造，一直是一种政治化的都市建构设计观念，成功与否可谓见仁见智。提倡者大多以本来地方没有任何过人特色，于是为免村镇的衰落，而兴起主题公园化的都市重整构思。但与此同时所不能避免的，一定是地方色彩的消失，把村镇和过去的历史集体记忆划上分离的句号。"诸如普及化的旅游区、不同"场域"的争持、旅游程序化的方向，这些小标题，以及布尔迪厄的"场域"、韦伯对官僚制度的合理化讨论观念等，令人几乎要疑惑是不是捧读了观光学课本。

  作者立足于香港写日本，内地读者还可以得到双重的趣味。他写道："日本的美少女一向重视崇尚大自然的活力形象，常以泳装相片来表露对青春的颂歌。相反香港的这群'玉女'往往长年不见天日，即如最具个性的张柏芝，也惯于厚妆粉示人，那正好是一种以非自然来背离玉女崇尚自然风格的最大反讽。"港人对北海道的钟情，多少与岩井俊二的《情书》拉上关系，而内地兴起北海道旅游热，却是国产影片为人作嫁衣裳。若想不枉此一游，游出文化来，那就先读了《乱步东洋》，然后追踪而去，到东南的钏路感受一下村上春树的笔下风情，或者到东北的网走看看《监狱风云》现代版。

为枕书序

才女,犹如文人一词,意思多少有点古,指的是文才,让人想起李清照,想起《红楼梦》里的女孩和娘们,而我面前这位有才女之称的苏枕书是八零后。她是八零后,所以"去年冬天,大雪过后,独往洛北金福寺探访芜村之墓",她可以说"守园的老爷爷",就别有一番眼光。写道:"守园的老爷爷不在窗前,要在廊下轻叩一柄竹槌,他才姗姗而至。在芭蕉庵前坐了很久,而后顺着指示牌到山中访墓。芜村的墓碑很容易找,门人月溪就葬在他旁边,石碑稍稍小一点,他们大概都不会感觉孤寂。"

枕书现下在京都留学,闲来写出这些柔美的文字。芭蕉、芜村酷爱且通晓中国文化,而枕书的笔调还带有日本俳味儿,他们更不会感觉孤寂罢。

京都跟东京不一样，东京是政治的，躁动，而京都静谧，是文化的。东京的文化也熏透了政治。京都骨子里是古代的，仿佛主要由女性体现的平安时代。中国人对日本的认识大都局限于东京，难免偏颇。枕书生活在京都，"来到落柿舍前"，"路过宇治的竹林"，"到梨木神社的染井旁汲水"，或者"沿着山道一直走下去"，或者"沿着御所的外墙一路走下去"，总那么相宜。发一声叹，也恰到好处。无须说，京都这座千年古都看上去古色古香，其实也现代化了，要真正看懂它的古，很需要点功底和工夫，尤其要谙熟中国的古代。我看京都常露怯，以为是日本的，却原来是中国原装，以为是中国的，却已经被日本改造或创造，简直要噤若寒蝉。枕书把知识、景致、情怀融为一体，这种笔法也是我一向追求的，如今却惟有感叹崔颢题诗在上头。甚而对她的才起了妒意，便归之为老天爷独怜的天才一类，聊以自慰，可她又分明写道："小时候父母热衷培养我对汉语文学的兴趣，理由据说是高考恢复时他们最难应对的科目就是语文"。看她的文和画，我便往古里想，却又不曾想她专攻法学，如她自道，"始终只是一个外围的旁观者"，那么学成之后就要在法庭上逞三寸不烂之舌呀。不过，坐在朋友圈子里，天然一个八零后，还有点小玩闹呢。

国人蓦然回首似的写起日本来，已写了一百多年，似不妨分作四个阶段。最初是清末黄遵宪那一代，泱泱我大清被蕞尔小日本打败，太多了悲情，就此奠定写日本的主旋律。再是周作人那一代，无须赘言。三是抗战胜利后，大陆与日本几近断绝，但海峡有两岸，彼岸的台湾没断写日本。譬如自1947年驻日的中央社特派记者李嘉，1965至1969年写《日本专栏》，司马桑敦1954至1964年写东京通讯十年，老作家崔万秋撰写日本见闻记，惜乎这两年台港作家走俏大陆，却不见引进这些书。四是上世纪80年代以来大陆人赴日如潮，写的人多了（不包括论文类写作），题目还是老题目，看谁能写出新意。评论家加藤周一说："似乎锁国唤起文化的国际化，而开国唤起文化的地域闭锁性。"走出国门，人未必就国际化，也许反而自闭、固步于本国文化，像阿Q那样自负，不仅有条凳和葱丝的问题，"女人的走路也扭得不很好"，却又笑话未庄乡下人没见过城里油煎大头鱼。虽然像散沙，但爱聚成堆，形成像冰箱一样的小圈子，把习以为常的民族性冷冻起来，甚而比国内更坚硬，有时被说是出国的比国内的更爱国。第四代悲情犹在，而且又增加或亮出功利性。读枕书的《尘世的梦浮桥》，忽觉得他们这一代，应算作第五代写日本，或许能摘下悲情的眼镜，裸眼看日本。

枕书笔下不时闪露的见识也是清新的,譬如关于樋口一叶,"如果生命再长一些",枕书写道,"但至少,生命可以有更多可能。她会体验到更复杂的痛感,以及喜乐。会用平静、坦然、成熟的心态面对世上诸种纷繁,也许会写出更广阔的世界。"翻阅1930年代刊行的奥野信太郎著《北京杂记》,她说:"书中也有一些在看我看来颇觉刺眼的言论,不过若当成史料来读的话,这种矛盾感就会淡化很多。"

她十分喜爱《奥州细道》开篇的一段:"岁月为百代之过客,逝去之年亦为旅人也。于舟楫上过生涯,或执马辔而终其一生之人,日日生活皆为行旅。",这是枕书的译文。翻译怕就怕周作人所说的"落俗",这却是眼下国内翻译日文的通病。虽然只译了几句,却足以令我惊喜,《奥州细道》中文版就该是这个味道,不由地期待她译出全文,虽然已经有四五种译本。更多地翻译日本古典文学罢,能者多劳,功莫大焉。

枕书"乍着胆子学译",在文中附带翻译了一些俳句,基本是周作人的路子,这路子大致为鲁迅主张的直译乃至硬译。周作人语言太老到,即便直或硬,也不见伤。时间之隔,枕书的语言当然比周氏更可亲,似乎更追求诗。俳句原本是俗文学,当今仍然为大众喜闻乐作,但有点像符号,有点像日本文学的黑话，诚如周作人所言，翻译"极难而近于不可能的"。但我以为还是要知难而进，把诗尽力译成诗，纵然诗是最不能全球化的。要不然，"汤锅里撕碎的菊花呵"，看过之后，只好"摇摇头说不懂"（张爱玲语）。

这是一本散文集，书后却附有参考文献，这又是学者的认真。我看了不禁汗颜，作文几乎没有一篇不是从人家的书本中读来的，但从来不开列书单，无一字无来处乎，掠人之美乎？

"粉"枕书多年，不料被索序，好似老故事里才女投绣球，偏巧打中我。虽老丑（倘若是川端康成，就该考虑割腕呢，还是吸煤气）而不让，美女与野兽，如今叫混搭，好在作序就像那"守园的老爷爷"，给看官们打开园门，鞠躬说一声"里面请"，园内的绝妙好文还得您自个儿看。

美术馆

美术馆各种各样，若问日本有多少，实际上不好统计。加盟全国美术馆会议的，有三百六十四馆，要是再加上未加盟的，估计不少于千馆。

日本美术馆元祖是8世纪中叶的正仓院，一栋木造大仓库，用以藏宝。藏，是美术馆的原始意义，近代以来功能多多了，收集、保存、研究、展示，现今尤强调为地域服务，教育普及。历史上皇家贵族以及幕府将军们热衷于搜罗各种美术品，虽然规模远不如中国皇家，却也足以兴盛某一时代的文化。室町幕府第八代将军足利义政爱好并保护美术，指派能阿弥为家藏中国画编纂目录，被视为日本美术品目录之始。19世纪西方列强竞相兴建美术馆，时当末叶，日本被敲开国门，殖产兴业，仿造欧美博物馆，也附带美术文化。

1930年实业家大原孙三郎在冈山县仓敷市建成的私立大原美术馆(原文为汉字的名称均照搬)是日本最初展示西方美术、近现代美术的美术馆，藏有莫奈的《睡莲》等。1951年，日本第一座公立现代美术馆神奈川县立近代美术馆在镰仓落成(1999年被选为日本现代二十大建筑之一)，翌年国立近代美术馆开馆。1960年代经济大发展，GNP跃居世界第二位，各地政府财大气粗，1970年代便想起文化，一窝蜂建设美术馆。私立美术馆大都起始于个人收藏，日后才建造馆舍。公立美术馆却多是先建庙后请神，满世界搜求争购，致使美术品价格暴涨，搅乱了市场。却不料泡沫经济呼啦啦崩溃，企业或个人的藏品大减价，又流出日本。风水溜溜转，历史或将在哪里重演。

旅游日本，观光小城镇和参观美术馆大概是反差最大的。美术馆每每建得很现代，即便它坐落在日本式庭园当中。例如远离东京的金泽21世纪美术馆，屋顶好像一个圆盘子，上面摆放了几个正方的、长方的、圆柱的积木，这些积木是展室的上部，从俯拍图片来看甚至有点像污水处理场。美术馆展室传统是连续的，而这座美术馆的展室大大小小，各自独立。没有一定的顺路，由人随意游走，四处观赏。整个像北京的天坛一样呈圆形，无所谓正门，爱称就叫作"圆美"。

玻璃外壁通透，绕回廊走一圈，里外不分，与街景连成一片。不曾起高台，是为庄严，似具有日本传统建筑不追求高的特色。2004年开馆，同年获得威尼斯双年展建筑金狮奖。建筑家矶崎新批评泡沫经济时代的东京都五大建筑(东京艺术剧场、东京都政府大楼、江户东京博物馆、东京都现代美术馆、东京国际论坛)是粗大垃圾。对于恶俗建筑，人们往往讥诮富豪，但不要忘记，那建筑并非富豪本人设计的。

新建美术馆，与其等待大收藏家出让，或者高价购买二三流作品，不如冒点险，收藏眼下知名度低的作品，不仅少花钱，而且有先行投资性。金泽21世纪美术馆收藏以1980年以后创作的现代美术为主，多是能活用展室空间的装置艺术。美国现代美术家詹姆士·特勒尔（James Turrell）主要以光与空间为题材创作，这里有他的永久展室，免费参观。20世纪是技术与城市的世纪，从技术与城市之中产生了当代艺术，而建筑作为这个世纪的典型体现，与当代艺术的关系更为密切。如今游金泽，必看古色古香的兼六园、茶屋街，也值得看这个美术馆。

东京都现代美术馆，1995年开馆，面积在日本数一数二。藏品约四千种，以日本战后美术为中心，其常设展可以概观当代艺术的进程。五六年前法国卡蒂埃现代美术财团举办藏品展，因该馆属于东京都，如仪请来东京都知事石原慎太郎出席开幕式，这位大名鼎鼎的作家却放言：今天来这里以为能看见什么了不得的东西，实际上没什么可看的，这里展示的当代艺术简直是万分可笑。于是被法国报纸齐声骂作臭名远扬的国家主义者。

慎太郎不慎地说了真话，其实，很多人跟他一样，对当代艺术看不懂，看不上。毕加索可以多视点地捕捉对象，横看成岭侧成峰，都攒在一张脸孔上，一般人却未必看得惯那种立体。杜尚把一个男性小便池倒过来，摆在那里就流芳当代艺术史，可是上百年过去，只怕看不出它怎么就艺术了，仍然是多数人。当代艺术常是或佯是政治寓言，非得画家或评论家跳出来解说不可，所以多话几乎是当代艺术家的一大特点。当代艺术有时候真可能是皇帝的新衣。看惯了古典美术，不接受未必表现"美"甚而表现"丑"的当代美术也实属正常。绘画自来追求用二维来表现三维的现实，夸一幅画就说它画得像真的，可当代艺术就是要打破这种艺术标准，挣脱传统，超越现实。它不是画现实，而是画内心。莫非日本人别具感性，他们一向喜好印象派，也偏爱当代艺术。欣赏当代艺术，或许更多的场合不需要知识，只要有一颗能暧昧地感受其魅力的心。1990年代以来，以草间弥生、奈良美智、村上隆等人为代表，日本当代艺术走向世界。不过，从日本美术市场的份额来看，当代艺术仅只占十分之一而已。

去哪个美术馆看当代美术展，莫名其妙之余，时常被美术馆建筑本身魅惑，不禁有一种采菊东篱下，悠然见南山的感觉——手握一束菊，却被南山吸引，眼光远眺了。

尼姑真命苦

尼姑，尊称法师，似乎比和尚更神秘，人们也就愈加感兴趣，起码是出于窥视心理。听说台湾女子出家多过男人；日本有一处星云大师的佛光山本栖寺，寺在富士山下、本栖湖畔，行善的全都是来自台湾的尼姑。跟一群朋友到那里借宿讲学，和她们同桌吃斋，晨听诵经，晚学打坐，当然也问到为什么出家为尼，那种仿佛得解脱的心境让俗人油然觉得出家好。

读书留下印象的，有《红楼梦》的尼姑，《阿Q正传》的尼姑，命都挺苦的。或许那毕竟是小说家言，而胜本华莲是尼姑，有住持资格，最近出版了一本书，就叫作《尼姑真命苦》。这书名来自电影，渥美清主演，片名译作"寅次郎的故事"，确不如直译为"男人真命苦"传神，但尼姑命真苦，可没有寅次郎那般到处艳遇的故事。

做错了事情，有什么过失，日本人有一个做法，那就是剃秃头以示悔悟。所以人们看和尚，尤其是尼姑，总觉得出家有因，不大被世间敬重。追溯历史，日本第一个出家的是女性。在鉴真和尚渡海而来，日本人也可以正式受戒之前，公元584年，从高句丽来的惠便（还俗僧）为司马达等（生卒年不详）的女儿岛和另两个女子授戒，后来她们又前往百济，正式受戒。宗教被用来镇护国家，男人据之为己有，把女性排除在外。到了平安时代，从中国取经归来的天台宗鼻祖最澄和真言宗鼻祖空海分别在比睿山、高野山开修行道场，以不净而有五障之说，严禁女人入山。女人靠他力救济，也得变成男子才往生净土。日本历史影视剧常出现尼姑，其实那不是真尼姑，而是贵妇、寡女或老妪断发齐肩，私自"出家"。1872年明治政府宣布解禁，从此尼姑可以跟和尚同样修行。翌年，尼姑婚姻也自由。和尚结婚是应当的，不然，和尚没有老婆，小菩萨哪里来！而且，寺庙跟店铺差不多，子继父业，香火是世袭的。尼姑却少有成家，本来世人就往往猜疑她们无非为感情问题而出家，这甚至是不敬重的主要原因。尼姑老龄化，尼姑庵后继无人，若不被和尚接手，就只有荒废一途了。

《尼姑真命苦》一书好像是作者对尼姑行业的揭发和控诉。她生于1955年，大阪人。设计专科学校毕业后从事广告业，正赶上日本经济不可一世的年月，二十六岁时薪水已经是一般女性上班族的三倍，过上独身贵族的日子。三十三岁时遇见一佛教信徒，用冥想法（观法）看太阳或者水什么的，看得眼花缭乱，眼前便出现亲鸾圣人。不可思议的体验让她关掉了公司，迁居比睿山麓，函授读佛教大学佛教学科，同时在睿山学院听讲。三十六岁得度，自己用电动推子推光了头，上天台宗的比睿山修行两个月。这种修行与其说是求得证悟或解脱，不如说是从事尼姑业的职业训练。

　　修行之后，拒绝了两所不是困窘就是偏僻的小庵，进了其他宗派的一等尼姑庵，私心在每周去京都大学听两堂课近便。岂料这尼庵，住持年过七十，执事八十来岁，其余也都是弯腰驼背的老尼。有一对夫妇做饭干杂活，但男的有病入院，女的也多病，胜本华莲进庵就下厨。尼姑们的食性很有点可怜，蔬菜冷冻在冰箱里。食材缺乏，营养不足，作者很快就贫血了。庵里腌臢，唯住持有看报的自由，久居其间自然就与世隔绝。把猫当孩子溺爱，猫身上生满了跳蚤。附近的尼姑来聚，谈论的话题基本是猫狗。作者不愿被榨取劳动，半年后"从尼姑庵出家"，当然也没人送行。三十九岁考入京都大学研究生院，课题是佛弟子研究。取得博士学位，又留学斯里兰卡。现今住公寓，头是光的，但不穿尼姑服，不为死人做法事，也不搞茶道花道书道。房间里有一尊从印度买来的小释迦像，不供养，不祈祷。每天念经，其实是从事研究。胜本华莲已不能算传统意义上的尼姑，充其量半尼半俗。似乎为人也不是省油的灯，笔尖隐隐流露出怨恨。

书中不厌其烦地指出，遇到不顺心的事，以为能够在尼庵中脱离世俗，以求清心，或者凝视自己，其实呢，蛮不是那么回事，入庵为尼简直是自讨苦吃。不要上影视剧的当，尼庵的常识是世间的非常识，内外的价值观截然不同。那里整个是落后于时代的封建社会，不是修行道场，而是生活的场所，被迫做"家务"，就像是管吃管住的保姆或护工。如果师傅、前辈值得尊敬还可以忍耐，但可悲的是，周围净是些反面教师。像她一样进了门就转身退出来的，不绝如缕。

男人剃秃头未必是和尚，但光头女性十有八九是尼姑。近年来日本把喜好历史的女人叫"历女"，又把喜好佛教或佛像的女人叫"佛女"，似含有女人涉足了男人所好的意思。剃发出家的尼姑越来越少，但在家的"佛女"，也就是佛经里说的"善男子、善女人"，日渐其多。

读罢此书，对尼庵里的"红尘"惊讶不已，哪里有什么"纯洁、端庄、美丽"，于是上网找到了琼英卓玛，听她咏唱。

日本人与英语

日本人与英语好像是一对冤家。

1600年，日本人破天荒听到英语，是英国人亚当斯说的。他随荷兰船横渡太平洋，漂到了日本，当时尚未任征夷大将军的德川家康接见他，言语不通，先用手比划，再借助葡萄牙语。美国电视连续剧《将军》的原型即取自这位亚当斯，由理查德·查伯兰主演，而岛田洋子扮演通译，美女出场，故事就少不了爱情。亚当斯被家康扣留，封为武士，充当外交顾问，但后来幕府施行锁国之策，只准许中国、荷兰在长崎通商，亚当斯被冷落，郁郁而终。他有日本名，叫三浦按针，横须贺市有按针冢，伊东市每年举办按针祭，大放烟花。

岁月不饶人，德川幕府也到了晚期的1808年，一艘英国军舰挂着荷兰旗闯入长崎港，强索补给，过惯了太平日子的长崎守备掂量了一下兵力，只能是一一照办。幕府大为恼火，令长崎通译习英语，是为日本人学习英语之始。又过了四十年，印第安人和白人的混血儿麦克唐纳认定母亲的祖先是日本人，乘捕鲸船来到日本近海，漂流上岸，被关进长崎监狱，隔槛教通译英语，就成了日本第一个以英语为母语的英语教师。1854年彼理率美国舰队叩关，麦克唐纳的学生派上了用场。原本小渔村的横滨开港，洋话横行，小贩和人力车夫的洋泾浜英语说得尤其溜。学会荷兰语的福泽谕吉到横滨观光，发现"看什么都不是我认识的文字"，大为沮丧，但立马转向学英语。几年后幕府兴办洋学校，也教授英语。推翻了幕府，明治新政府便放弃"攘夷"的口号，转而"向世界求知识"，往外派留学生，往里雇外国人教书。如痴如狂学英语，高等教育全部用英语或德语法语，培养出宫部金吾、内村鉴三、新渡户稻造、冈仓天心等一代英才。当时现代日语还没有形成，他们用英语写作，如内村鉴三的《代表性日本人》、新渡户稻造的《武士道》、冈仓天心的《茶书》，犹如过去用汉文书写，又好像中世纪欧洲人书写拉丁文，自然而然。"说话作文比一般美国人还好"的植物学家宫部金吾日后说：我们受了一种变态教育，国语汉文只小时候学过，后来全是跟外国人用英语学数学、地理、历史等。汉学素养少，如今感到非常不方便。

之所以不方便，是因为诸行无常，三十年河东三十年河西，对全盘西方化的反动，国粹主义风潮高涨。有人创刊了杂志《日本人》，政府也主张用日语上课了。夏目漱石比宫部、新渡户晚生六七年，曾留学英国，在东京帝国大学教过四年英文学。1911年写道：学生的外语能力比以前衰退实在是正当的现象，没什么不可思议，这也是日本教育发展的证据。我们上学的时代，地理、历史、数学、动植物以及其他学科都是用外文的教科书学。比我们更早点的人，很多连答案都要用英语写。从独立的国家这一点来考虑，这样的教育是一种屈辱，完全是英国的属国印度那样的感觉。随着国家生存的基础变坚固，那种教育自然该失势，至当无疑。

这种屈辱观发展，到了1942年跟美国开战时，"文明语"英语被视为"鬼畜话"。外来语统统都改用日语，例如ピアノ（piano）叫钢琴，レコード(record)叫音盘，地名也得用汉字，ハリウッド(好莱坞)改作圣林(其实是误译)。战败了，人们跪在皇宫前哭天抢地，但有个叫小川菊松的出版人，恭听了昭和天皇宣读降诏，抹了抹眼泪，立马筹划出《日美会话手册》。编辑用一夜工夫拟出日文原稿，找人译成英文，也就三十二页。1945年8月30日麦克阿瑟将军叼着大烟斗走下军用飞机,三个月后,这本粗制滥造的小册子销行三百六十万册。若不是纸价飞涨,还将印下去。日本人转向之快,令小学二年级的养老孟司对世间的常识产生了怀疑。钢琴重新叫ピアノ,很快就无人认得钢琴二字为何物。战败六十多年来日本人不屈不挠学英语(美国话),繁荣了出版,教人学英语的书时见畅销,例如1950年代的《日文英译修业》《怎么读英文》,1960年代的《美国口语教本》《考试出的英语单词》(1967年出版,四十多年来印了一千八百多万册),1970年代的《为什么搞英语》,1980年代的《日本人的英语》,1990年代的《能用英语说它吗》。本世纪又出版百余种,如《'超'英语法》。

　　英语是手段还是目的,日本人始终拿捏不定。自明治维新以来,废止日语论层出不穷。1873年在空前绝后的英语狂热中,时任文部大臣的森有礼提出拿英语当国语。战败后重现明治之初一边倒的景象,志贺直哉主张用法语取代日语,有趣的是这位文学家却不懂法语。2000年首相的智囊们以全球化时代须具备与世界对话的能力为由,献策把英语当作第二通用语。2011年发生了地震、海啸、核泄漏,日本被世界注目,一位新闻报道官用英语发布信息露了脸,英语问题又摆到国民面前,仿佛一场灾难过后人人都得答记者问。这就让成毛真不以为然，2011年9月他出了一本书，题目很打人：九成日本人用不着英语；副题更具有挑衅性：别给英语产业当冤大头！成毛当过微软日本法人董事长，很有点现身说法的意思。日本1960年出国仅几万人，1980年超过一千万。出版产业的规模还不到二兆日元，而英语产业为三兆。实际上只有一成日本人能用上英语，其他九成人学英语不过是浪费人生。问题不在于像殖民地一样普及英语，而在于这一成人把英语搞得更好些。

常有中国人笑日本人学不好英语，甚至并不会英语的人也这么笑，反正日本的人与事都可笑。确实，学校学的英语不能用，是日本的老大难问题。据说，起初日本人学习英语的法子跟他们理解读惯的汉文是一样的，那就是逐字逐词地译述。1920年代英国的语言学家帕尔默应邀来日，试图对英语教育进行改革，但日本人被汉文训练出来的头脑怎么也不能把英语当英语学，非变成日语再理解不可，他逗留日本十四年，铩羽而去。精通汉语的高岛俊男甚至觉得，汉文的黑乎乎影子像恶魔一样把爪子立在日本英语的背上。

当然也有人不把英语当回事，例如养老孟司，是解剖学家，年轻时用英语写论文，发现丧失了日语表现所特有的微妙感觉，所以当上教授以后再也不写英语论文。他用日语写通俗读物有销路,《傻壁》一书印数高居日本出版史第四位。又一位益川敏英,2008年与人同获诺贝尔物理学奖,他从小讨厌外语,考研德语交白卷,英语也一塌糊涂。纯粹一日本原装,去瑞典领奖才第一次出国。用英语说一句"对不起,我说不来英语",然后毫不犹豫用日语演讲。

但电视上常见日本首相站在欧美领导人当中,一副落落寡欢的样子,莫非对日语到底没自信。

武士道,女人的,而且爱情的

听唐辛子说她在写书,叫《日本女人的爱情武士道》,就觉得有趣:武士道,女人的,而且爱情的。

武士道是什么呢?

对于日本人来说,武士好像是特殊的存在,存在于小说和影视剧之中。不消说,那不会是江户时代以及更古些的武士的真实再现,而武士道精神云云,也不是什么在日本人身上绵延的精神。武士道这个词盛行,并非在武士充当领导阶级的时候,而是他们被赶下历史舞台以后。明治已过去三十多年,新渡户稻造在美国养病,用英语为欧美读者撰写了《武士道》一书,1899年在美国出版,1908年出版日译本。日本在甲午战争(1894－1895)中打败我大清,自以为不可一世,但世界几乎还不知道它是老几。《武士道》1938年日译本的译者说：新渡户用横溢的爱国热情、赅博的学识、雄劲的文章把日本道德的价值广泛向世界宣扬，其功绩匹敌三军之将。此书尤其在美国引起了很大反响，日本更高度评价，写了些什么呢？

基本内容是：武士社会已不复存在，但是像西欧的骑士道一样，作为封建武士集团的道德纪律而产生的武士道精神犹在。不单武道，武士也修养书法等，训练控制喜怒哀乐，以防止品性堕落，保持心平气和。武士道的德目有义、勇、仁、礼、诚、名誉、忠义。武士道的终极行为是切腹与复仇。对于武士来说，刀不是单纯的武器，而是忠诚与名誉的象征。武士的生活方式给其他阶级以很深的道德感化，武士道精神成为日本人的民族精神，成为大和魂。

1901年井上哲次郎也出版了一本《武士道》，把山鹿素行奉为武士道之祖。此外，和辻哲郎捧出了山本常朝的《叶隐》。此书在江户时代是秘籍，只是在山本的家乡佐贺藩略有人读，1932年日军侵攻上海，有佐贺人阵亡，被当作军国美谈，提及了《叶隐》，使之广为人知。1940年岩波出版便携版《叶隐》，这下子普及开来，作为一本阐说殉死精神的读物，从意识形态鼓动人投身于战争，尽忠报国。

江户幕府执掌的日本闭关锁国，是所谓太平盛世，武士道在现实中式微，其精神多少存在于《叶隐》等书本里。在强调民族主义的时代，从故纸堆中翻出了武士道话语，充当国民道德，以对抗西方列强。从此以后，武士道不断被随意粉墨，因时制宜地拿出来说事。有关武士道的论说主张武士应该这样，而文学将其理想化，让人们以为真的是这样。日本人被感动并自以为传承的武士道不过是小说戏剧的文学性创作而已。

女人，是我们对日本感兴趣的话题之一。有一个说法：吃中国菜，娶日本老婆；这个说法美化了日本女人，似乎也就被当作日本女人好的认同。所谓好，主要指温顺，为妻温顺，当情人也温顺。这却可能是外国人对日本女人的一个误解。

日本最古老的史书《古事记》(712年成书) 记载，男神伊邪那岐命和女神伊邪那美命绕着擎天柱做爱，女神先说话，结果生下些乱七八糟的东西，改为男神先说话，这才生下了日本诸岛。女人本来是主动的。据心理学家河合隼雄考察，日本的故事传说有一个类型，那就是一个美女突然出现，向男人求婚而结合，但男人破坏约定，女人离去。男人是被动的。女人的温顺不过是一种教养与习性。东京叫江户的时候曾经有百万人口，男多女少，娶个老婆不容易，老婆在公开场合很照顾丈夫的面子，武士是非常要面子的，也就是名誉，在人前昂首阔步，女人跟在后面屁颠屁颠的，但关起门来，可就是老婆主政。现代上班族家庭大抵也如此，并非男人挣来了钱，在家里就拥有多么不得了的位置。这典型表现了日本民族性及其文化的双重性。现实生活中日本女人很有点武士道精神，她们跳舞是柔弱的，而唱歌则粗起了嗓音，近乎吼。近年女孩子起名多用凛字，威风凛凛的凛。

江户时代的浮世绘上常见女人拿着烟袋锅。近年来成年男人吸烟减少，但仍然有将近百分之四十，特别是三十多岁的人，几乎近半数吸烟。成年女人也是三十多岁吸烟最多，将近百分之二十，她们并不温顺地戒烟。

前些年日本女人听说中国女人都工作，工作一辈子，瞪大了明眸，如今也听惯了。日本是出版大国，好像文学也发达，实际上作为商业出版的纯文学杂志不过才五种。最近有报道，说其中四种的主编由女人担当了。这是自1987年实施男女雇用均等法以来，女人参加工作，终于在职场熬成婆。

小说几乎少不了爱情。男作家如谷崎润一郎、太宰治几乎靠女人来创作，没有与女人的交往，简直令人要怀疑他们能不能写出小说来。或许女作家也一样，例如宇野千代或者濑户内寂听。日本小说好像很擅长写纯爱。《叶隐》认为爱情的最高境界是忍恋，也就是单相思，默默地奉献，像雨果笔下的巴黎圣母院敲钟人那样。这是要求武士即男人的。

濑户内寂听对爱情的看法是这样：爱情从感觉开始，并且就感觉结束。相爱之后，恋人们总是喜欢追问爱的理由，可实际上，爱情是不可抗拒的、没有理由的、动物性的感觉与反应。这就不免要放浪以及放荡罢。而宇野千代发现身边的男人另有新欢时选择悄悄地离去，她不喜欢吃醋，跟另一个人抢男人，因为男人的心已经不属于你了，争抢有什么意义呢。她也不愿意因此而嫉恨另一个女人。所以她爱人得仁，亦即忍。不过，她"一不小心又跟男人上床"，也就难免一辈子失恋连连，因为这样的女人让男人窃喜，却也不放心。

这本《日本女人的爱情武士道》选取了五个日本很有名的女人，讲述她们的爱情故事，并且用武士道精神给一个个爱情贴上了标签。因为是名人，故事非同一般，而唐辛子善于讲故事，娓娓道来，她们的故事就势必流传开来了，岂止我一人先睹为快。

莫须有的日本论

历史的纠葛，地理的近便，说好说坏，日本是我们最感兴趣的民族。关于日本人，譬如暧昧啦，排外啦，忒爱自然啦，出生拜神社、结婚上教堂、死了请和尚念经云云，未必真知道怎么回事，但说道他们时就会把这些挂到嘴上。

日本人爱问自己从哪里来，总琢磨自己是怎么回事，所以日本人论、日本文化论向来是出版的热点。或诚如主张日本脱亚入洋（大洋洲）的剧作家、评论家山崎正和所言：日本人没有绝对的存在（上帝）为背景，靠他人的视线证明自己的存在。日本论就是他人的视线罢。据说二战后六十多年此类书出版千余种，多数是读物，不乏通俗有趣的，也时有名著或畅销书。日本论的基本路数是找出日本特殊性，乃至结论为日本是外人（外国人）不能解读的，孤芳自赏。或许读来读去,譬如暧昧,觉得像那么回事,真就暧昧起来,越活越像日本人。

1945年战败后日本论之始是美国文化人类学家鲁思·本尼迪克特的《菊与刀》,将日本文化定型为耻,与西方的罪文化相对,就是说,西方人总记着老祖宗得罪过上帝,而日本人只在乎世人的眼光。上世纪60年代丸山真男的《日本的思想》、川岛武宜的《日本人的法意识》等著书基本上强调被否定的方面。1970年代日本崛起,一跃为世界老二,自画自赞的日本论勃兴,代表之一是梅原猛。痴与罪之说始作俑了一字(词)论定日本的论法,如土居健郎的"撒娇构造"的娇,韩国人李御宁的"缩小取向"的缩,以及侍(武士)、纵(纵向社会)等。1980年代出现对日本论的批判,尖锐的有别府春海的《意识形态的日本文化论》、道格拉斯·拉米斯的《内在的外国——〈菊与刀〉再考》等。浅见定雄的《冒牌犹太人与日本人》,批判山本七平的畅销书《日本人与犹太人》关于犹太人是胡说八道,太田雄三的《拉夫卡迪奥·赫恩的虚像与真像》彻底批判过度美化日本文化的小泉八云。

不与他国严加比较就不能说某国的文化在某一点上是独特的。越不知道外国越容易上本国文化论的当。破解各种日本论的最简单的法子就是指证日本这个长处那个短处，外国也大大的有。譬如山崎正和所说的日本人没有绝对的存在（上帝）为背景，靠他人的视线证明自己的存在，这话拿来说中国人也恰到好处，或许还正是儒教的教化所在，以至慎独，没有人看着也要对得起良心。

近来日本论之类书籍的翻译日见其多。实际上，每一种论说上市都有人起而驳之，不过，我们的译者把译序冠在人家的书前，不大提这种事，颇有为作者讳的君子之风，但本来对其书其人并不了然也说不定。于是有一本书很值得一读，小谷野敦的《日本文化论作假》。这位烟鬼评论家一气敲打了《菊与刀》《'撒娇'的构造》《阴翳礼赞》《纵社会的人际关系——单一社会的理论》《共同幻想论》等百余种关于日本文化、日本人的著书，似有点东一榔头西一棒子，但提供了这些书在本家被阅读、被批评的轨迹，足以使我们警觉，免得把摆上桌面的菜肴就当作美味，庶几能看透日本的虚像或假像。

譬如《'撒娇'的构造》基于语言相对论，认为只日本有撒娇一词，而西方语言里没有，便显示了日本文化的特性。韩国学者李御宁指出，朝语中也有相当于撒娇的词语，道破了娇字论的前提，对此，土居也虚心接受。李御宁提出缩字论，也难免以偏概全，日本也有大的，如奈良大佛，中国也有小的，如三寸金莲。新渡户稻造的《武士道》所写并非真实的武士，而是明治年间武士已失去真相之后编造的理想形象，此后，关于武士道的书五花八门，基本是沿着他的路子造假。中根千枝的《纵社会的人际关系——单一社会的理论》出版于1967年，畅销百万册，现今仍摆在书店里，但几乎已无人称之为名著。所谓国民性不是千古不变的，时代演变，也随之不断变化。

日本论的最大缺陷是无视亚洲。自明治维新以来，日本论基本拿西方作对比，他们据为独自的文化的，骨子里往往是汉字文化圈文化。打败我大清前后也重视过中国文化，但那是为走出中国文化的阴影，脱亚入欧，即走进欧美文化的阴影，仿佛日本只能活在别种文化的阴影里。对中国人中国文化加以分析，不无卓见，却也极尽贬低之能事，甚至影响了鲁迅那一代人的看法。

旅居国外或研究外国，不得不面对母国，于是乎人分两类，或是崇拜另一国文化，以至忘记了作为母国人的宿命，或是陷入母国文化民族主义。留学海外，变成激烈的民族主义者，学文学的如江藤淳，学数学的如藤原正彦。原因未必在文化的差异，有不少来自语言隔阂、社交闭塞所造成的孤独，引发乡愁。越是知识人越偏激，似又有自尊心遭受了打击的缘故。

　　日本论作假的原因，小谷野敦采纳《日本独自性的神话》一书的作者彼得·戴尔（澳大利亚人）等的看法：原因不单是民族主义，根子更在于19世纪以来（或更古以来）把"历史"和"文化"实体化而"本质"即在其中的观点。

日本尤须中国化

若照搬汉字,书名即《中国化日本》,或许一眼便认定内容无非鼓噪中国威胁论云云。其实不是的,这里的中国不是今日之中国,而是上千年前宋代中国。似乎应该叫"宋朝化日本",但卖书卖名,那就不易耸动读者的神经罢。关于中国的历史,日本人特别感兴趣的是被演义了的三国,居然还记得高中历史课,恐怕印象也不出时当日本上古的唐朝,至于宋,所知顶多是:唐朝衰败,日本终止遣唐使,继之的宋朝是一个被游牧民族侵略的软弱王朝,宋以后中国跟日本没多大关系。我们说到日本古代史,耳熟能详的也只是"遣唐使"什么的罢。

作者与那霸润,以最新的历史研究成果为基础,别具史眼,提出一个关键词"中国化",取代以往研究"不断进步的日本史"所常用的"西方化"、"近代化"、"民主化"等，重新缕述日本史，足以令读者一新耳目。"中国化"，不是指现实的日本与中国之间的力关系，而是意味日本社会将变成跟中国社会同样的状态。

与那霸专攻日本近代史。历史课所教的"近代"，指明治维新以降日本追求西方化的时代。近代之前的历史阶段叫近世，现今史学界称之为"近代前期"，即江户时代，反之，近代是"近世后期"。世界上率先进入"近世"的国家是哪个呢？不在西方，而是宋代中国。始于宋朝的中国式"近世"社会所建构的基本模式在中国几乎一成不变地延续至今。近代（近世后期）西方奇迹般超越技术上思想上早就达到西方近世（近代前期）水平的中国不过是一时的、例外的异常现象，而今中国东山再起也不过是世界在返回原来的状态罢了。

宋朝开国于公元960年，东方史学家内藤湖南主张唐与宋之间是中国史的一个区分，唐为中世，宋为近世。此观点已成定说。譬如宋朝全面采用科举这种官僚考试制度，在世界上最先废除了贵族世袭制，身份自由化，迁移自由、选择职业自由，机会平等，自由竞争。当然，对至高无上的权力——皇帝不可以批评，只有服从。宋朝的本质，作者认为"是尽可能不造成固定集团，最大限度地提高资本、人员的流动，并且用依循普遍主义理念的政治道德化与行政权力一元化驾驭体制失控的社会"。

日本千百年来，有时是中国政治、经济实力强大而直接受其影响，有时是日本人有意或无意地模仿中国，把日本社会"中国化"。众所周知，从唐代中国拿来律令制，拿来文化，日本才有了国家模样。教科书上说，停掉遣唐使以后，日本孕育"国风文化"，走自己的路，其实这"国风文化"是后世的虚拟。日本没拿来科举制度，常被人恭维他们不学中国的坏东西，但实际上不是不想学，而是根本学不来。科举是中国社会的核心，前提起码是大量印刷考试参考书，广泛传播，那时候日本何曾有这个条件呢。

11世纪初开始的日本"中世"，通过日宋贸易，中国钱滚滚而来，改变了以物易物的古代经济。试图引进宋朝制度的平家政权被以源赖朝为首的保守势力打败，"中国化"失败。历尽战乱，江户时代闭关锁国，犹如大酱在缸里发酵，酿出了完全不同于宋朝的独特的"近世"。譬如宋朝以降，权威与权力一致，皇帝名副其实地握有权力，而天皇大权旁落，由将军执掌国柄。今天日本的原型相当一部分在战国时代已造就，江户时代全盘接过来，并使之深化，扎根于社会。

江户时代是身份制时代，这是日本史常识，而六百年前宋朝已废除身份制。虽然印刷出版发达了，却没有拿来使身份自由化成为可能的科举，反而进入了身份制社会，原因何在呢？作者说，在于江户时代头一百年全国普及了两样东西：稻与家。世界都知道日本人吃大米，水稻是江户时代才普及的，以前主要是旱田。基本能吃上饭了，也就不赏识中国式自由市场社会。由于多山谷，不能粗放经营，致使大家族制度崩溃，农村形成以夫妇及其子孙为中心的家。人口增加，又拓荒开地，稻与家的良性循环带来江户时代的兴盛。与宋朝中国相比，江户时代是不自由的时代，作者称之为"江户时代化"，也就是"反中国化"，用这两个对立的概念梳理千年史，日本总是摇摆于两种不同的统治原理之间，亦即此书副题所提示的"日中'文明冲突'千年史"。说来中国明代虽然有郑和下西洋之举，但基本上闭关锁国，也近似"江户时代化"。

日本近世的"江户时代化"体制从内部瓦解，明治维新以后被视为"西方化"的改革成果，仔细看一看，性质更属于"中国化"。譬如确立了中国皇帝那样权力一元化的王权，改为中国式郡县制，引进源于科举的文官任用考试。明治日本的思想、社会、王权的状态很大程度上与宋代以降相似。因为大部分内容是"中国化"，所以中国以及朝鲜对"西方化"

不以为然,而日本落后近千年,通过"西方化"而"中国化",改变了社会结构。

昭和时代战败后,偏巧"江户时代化"体制适于经济恢复、发展。第一次世界大战具有使世界"江户时代化"的效果,但第四次中东战争以后的世界开始显著地"中国化",惟其日本仍沉迷于"江户时代化"。为何在亚洲近代化最为成功,并且被美国加以民主化的日本走进死胡同呢？原因即在于开历史倒车的"江户时代化"。由于种种原因,漫长的"江户时代化"终于结束,日本社会又将"中国化",这是历史的必然。眼下日本正处于巨大转折点,应该怎样活下去？今后怎样跟中国打交道？这就是本书的问题意识之所在。

踏绘与火眼金睛

义和团搜杀教民，怎么知道人家就是教民呢？或者说，何以即知其为教民而杀之？

关于甄别法，没查阅过专门的资料，只是从闲读中略知一二。

张鸣在《大历史的边角料》中写道：据说有义和团的大师兄火眼金睛，搭眼一看，就能看出教民额头上有十字印记，所以，拖出去砍了就是。也有谨慎一点的，抓住了嫌疑教民，升坛（义和团的拳坛），焚黄表，让义和团供的关老爷、猪八戒之类的神来判定真伪，只是这些神仙老爷好像一点都不慈悲为怀，但凡焚表的，几乎没几个饶过的，结果还是杀。

止庵的《神奇的现实》引据史料，写得更详细。明试真伪的方法之一叫焚表：或在路遇，或自家中，将良民指为二毛子揪扭至坛上，强令烧香焚表，如纸灰飞扬或可幸免。倘连焚三次，纸灰不起，即诬为教民，不容哀诉，登时枪刀并下，众刃交加，杀毙后弃尸于野。方法之二是辨认十字：各城门屯扎义和团，近日行人出入盘诘甚严。时值炎暑，行至城瓮遇团民，必须脱帽查验顶门有无十字，恐教民假扮私逃。又遇人必摩其顶，视有洋教中十字否，右手挥刀如风，旋转而舞，左手摩视，与匪相遇，性命呼吸，彼云教民则教民矣，彼云奸细则奸细矣。

常说日本人做事跟中国不一样，有时候确然如此，譬如他们测试基督徒，是让人当着衙役的面，践踏耶稣或圣母玛利亚的像，名为"踏绘"，若不肯踏上一只脚，即判为教民无疑。这法子可能准确率很高，不会有负屈误死者。认定之后也不是立马就拔刀砍脑袋，而是强迫改宗，拒不悔改才大刑伺候，乃至吊上十字架。踏绘似简便易行，但若让我们阿Q回到未庄说起来，不大好比划——扬起右手，照着伸长脖子听得出神的王胡的后项窝上直劈下去，嚓！听的人都凛然了，从此王胡瘟头瘟脑的许多日。

日本历史分作五个时期，即古代(含原始)、中世、近世、近代、现代。把日本史置于世界史当中缕述，近世起始于大航海时代，洋枪和基督教传入日本。对于这两样东西，织田信长都大为欢迎，用作他对付旧权力和旧佛教势力的两手。1549年弗朗西斯科·萨维耶尔第一个到日本传教，觉得日本人是素质最好的异教徒，但对于公然同性恋很有点惊诧。1569年织田信长准可路易斯·弗洛伊斯在京都传教。织田信长死后，丰臣秀吉起初沿袭其政策，容许基督教布教，但1587年转而禁止。德川家康掌控天下，1612年向全国发布禁教令，翌年驱逐传教士。第二代将军德川秀忠强化禁教，与积极布教的西班牙断交，禁止基督徒出国，欧洲船舶只许停靠两个口岸(长崎和平户)。事出有因，这不仅是疑虑信徒不服管，也借以阻止西日本一带的诸侯进行海外贸易获利，有资本反抗幕府。禁而不绝，已经让位的德川秀忠1628年命令长崎镇巡，用践踏纸画或铁铸圣像的方法对信仰严加甄别。第三代将军德川家光镇压了以基督徒为主的暴乱(当今历史教科书称之为起义，实质是一场宗教战争)，与葡萄牙断交，只是和非天主教国家荷兰、中国在长崎交易。史称"锁国"，其实相当于明朝的海禁。

天主教，江户时代日本搬用葡萄牙语，用汉字写作吉利支丹，避第五代将军德川纲吉讳，写作切支丹，禁教后写作切死丹。最严厉实施踏绘的是长崎。每年正月初四到初九，衙役们拿着踏绘板走街串巷，挨家挨户验证。各家打扫出一个房间，盛装以待，有点过年的气氛。衙役们来了，从箱子里拿出踏绘板，放在榻榻米上，手持踏绘簿，从户主到女仆叫到谁谁就向衙役一礼，站起来赤脚踏绘板，归坐再一礼。检验完毕，户主在踏绘簿上捺印。正月初八在烟花巷进行，妓女们打扮得花枝招展，观者如堵。所谓踏绘，起初是画在纸上，但容易破损，随着踏绘制度化，制成踏绘板。长崎衙门有三十块踏绘板，整块铜铸的，或者木板上嵌一块铜像，如今二十九块收藏在东京国立博物馆。

踏绘是一个炼狱，人人过关。口头上表示叛教，甚至写悔过书，都可能暗喜能蒙混过关，但是踏圣像一脚，心理折磨就酷烈了。《大历史的边角料》没写到被嫌疑教民的心理，可能因为拖出去砍了就是，他们来不及问一个为什么。信仰面临了考验，那会有怎样的心理呢？不妨读一读远藤周作的小说《沉默》。这位天主教作家初访长崎，包租了一辆出租车观光各处，来到大浦天主堂，避开熙攘的游客，在背静处闲逛，走进一座叫十六番馆的洋楼——"在昏暗的馆内凝神伫立了片刻，不是为踏绘本身，而是看见镶嵌它的木板上有黑趾痕似的东西。那趾痕恐怕不是一个男人印上的，一定是很多踏的脚留下的。"踏的是什么人呢？怀着什么样心情踏的呢？要是我就不踏吗？不，要踏吧？浮想联翩，写出了名著《沉默》。"踏绘此刻在他脚下。木纹像细浪一样的有点脏兮兮的灰色木板上镶嵌了一块粗糙的铜牌，那是张开细胳膊、头带荆冠的基督模糊的脸。"作家让潜入日本传教的葡萄牙人司祭踏了耶稣像，因为比起教会，比起布教，更要紧的是解救眼前被倒悬的三个信徒，就是耶稣在此，也会为他们而叛教罢。放弃基督改信佛，江户时代叫"倒下"，到了昭和年间，小林多喜二被警察拷打致死，他的同志便纷纷放弃了自己的主义，叫作"转向"。轻言放弃，不固执一种主义或文明，似乎也不是大和民族所独具的品格。当年我们很爱说把走资派打翻在地，再踏上一只脚，叫他永世不得翻身，但曾几何时，他们翻了身，全民走资了。长篇小说《沉默》作为纯文学罕见地畅销，但是被一些教会列为禁书。

明治维新成功后，新政府独尊神道，禁毁其他宗教。欧洲列强施压，1873年（明治六年）被迫撤除了不许信基督的告示牌。1889年颁布帝国宪法，信教自由才有了保障。长崎是殉教之城。1945年8月9日美军在那里投下原子弹，很多基督徒被炸死，这不算殉教罢。

"踏绘"是一个成语。譬如问侨居日本的中国人，两国打起来，你帮哪一头儿，这就像逼人踏绘。

老二们

日本银幕上男人的表情常常是战败以前的，一脸的冷酷，这是承担家以及国的戏剧化面容。战后被民主，尤其选举时男人也满脸堆笑了：请多多关照，投我一票。电影《三丁目的夕阳》又拍了第三部，一而再、再而三便演到 1964 年，东京举办奥运会。原作是漫画，自 1974 年连载至今，这种没完没了的韧劲儿足以令友邦惊诧。被后浪推为第一部的影片是 2005 年改编的，故事背景为 1958 年东京，战败过去十多年，兴冲冲建设日本第一高度"东京塔"。

1945 年缴械投降，从海外撤回六百万人。军人复员，军工厂停产，很多人失业。战败前后城里人到乡下投亲靠友，寄人篱下，想返回时，政府一度限制无住处、无职业的人进城。东京 1940 年人口 735 万，1945 年减少到 349 万。农村里人口过剩,那些从战场、从城市回来的,大都是农家的老二老三,农村出现了严重的社会问题——二三子问题。

地少人多,农家若是把田地分给几个孩子,经营规模会太小,1673年德川幕府发布限制分地令,以防止农地细分化、农民零散化。全部田产由一个孩子继承,通常是长子。其他孩子或者过继、入赘,去别人家顶门立户,或者另谋出路,不然,窝在家里就得给大哥扛长活。当兵是二三子的出路,明治维新以来上战场的主要是他们,一场场战争简直是二三子的战争。没有土地,没有一技之长,人生是绝望的,诸行无常,不由地追求像樱花那样暴开暴落,做事也格外残暴。战后自卫队招募,次子三子们踊跃报名,有人便忧虑法西斯主义重温旧梦。

十年恢复,二三子问题始终得不到解决。但天不绝人,朝鲜打仗了,日本经济大发展,东京中小企业在城里雇不到人,联手到外地"集团招工"。从1954年开始,每当樱花盛开的时候各地被聘用的年轻男女从故乡乘坐专列前往大城市的职场,这就叫"集团就职"。大都是初中毕业生,战争年代把孩子送上战场的母亲这回送他们进大城市。尽管缺师资,少校舍,1947年断然实行初中义务教育,初中毕业生充当了经济发展的主力军,直至1965年以后普及高中教育。本来初中毕业后都要帮家里干几年农活，翅膀硬了再离家谋生，但"集团就职"使二三子及女子的人生转变为毕业即就业。远离故土，忐忑兴奋地走出上野站，雇主们举着牌子迎接，《三丁目的夕阳》再现了这个历史性场景。1955年东京人口增加到804万，大城市是次子三子们的天下。日本有傻老大的说法，莫非乡下人多是老大，所以比城里人淳朴。现今法律孩子们平等，平分家产，但长子继承家业的遗风犹存，据说运动员、艺人很少有长子。

没有户口问题，进了东京就落地为东京人，但低学历造成他们与同龄城市人的差别，终究是低薪劳动力的来源。《三丁目的夕阳》里，少女六子梦想进大公司当秘书，孰料职场不过是一家个体户，却也和同时代人一样，遥望夕阳中耸立的东京塔，对明天满怀希望。"集团就职"当然也出了名人，例如歌手森进一、小说家出久根达郎。出久根初中毕业后进京，到一家旧书店学徒，十多年后独立，也开旧书店，自学成才，写小说获得直木奖，现在是作家兼店主。二三子问题彻底解决了，农村社会接着出现新问题——长子问题。长子几乎不能选择自己的人生，读书越多越感觉郁闷罢，剩在乡下的孤寂，找对象都难，虽然生活可能比那些在城里处于下层社会的二三子富裕。好些太郎不安于热土，也一去不返，农村里后继无人。

　　《三丁目的夕阳》第三部的广告词这么说：不管时代怎么变，也因有梦想而向前。2012年东京又建起一座电波塔，这次叫"东京空中树"，日本出现新高度，高过广州"小蛮腰"。经济依然不景气，人们仰望它，眼里又充满希望吗？

欢悦大众的文化之花

爱读评论家刘柠的文章，知日而论日，文笔畅达，见识独到。读他散论日本的《穿越想象的异邦》，不由地为之鼓而呼：自称一布衣，走笔非游戏，不忘所来路，更为友邦计，立言有根本，眼界宽无际，穿越想象处，四海皆兄弟。又读这一本《逆旅》，或许限于字数，写竹久梦二人生五十年近乎"简历"，但全书编排是立体的，其人其作的整个世界读罢便了然于心。那些穿越时空的妙语警句也点醒读者，免得顺情而去，审美而迷。譬如这一句：集画家、诗人、作家的光环于一身的梦二是大众传媒的宠儿。

大正这个年号夹在明治与昭和之间，只有十四年（1912—1926），若谈论文化，大正时代通常指1910年代和1920年代。竹久梦二即活跃在这个时代。从模糊的照片看，此人绝然算不上帅哥，但三四十岁还能跟二十岁上下的女性们谈情说爱，足见其名气之大，倘若在今天，那就是电视上闪亮、会场里飞沫的明星画家。梦二不属于正统的画坛，丰富多彩的作品并不是高雅的纯艺术，而是盛开在大众文化中的奇葩。当时有报道：今日之青年男女不喜好所谓梦二式的画的怕是很少罢，因为其笔触何等爽快而情味津津。梦二也被称作大正浮世绘师，但他画的美人有大大的眼睛，眼皮是双的，睫毛是长的，只要拿浮世绘的单睑细眼比较一下，就可以推想当时人们的惊艳。这是全盘西化所致，美女的标准也是西方的了。梦二把东西方美术融为一体，自得其乐，不睬美术界。人们只能敬畏纯艺术，可望而不可即，而大众艺术，不仅能随意欣赏，甚而还可以参与其间。

一百多年前日本跨世纪地打赢了两场战争，扬眉吐气，修改了与列强的不平等条约。几乎靠甲午战争勒索的赔款实现工业化（日俄战争没捞到一分钱），明治一代形成了近代国家。明治天皇被称作大帝，而大正天皇文弱，仿佛统治者不在其位。世代交替，不单换了天皇，政界、军界、企业界也都新人换旧人，历史出现了空档。国民不禁有一种解放感，就好像到了民众的时代。在这种"没国是"（德富苏峰语）状态下，形形色色的思想泛滥，冠以"自"字的词语流行，如自觉、自立、自我、自爱。个人主义性质的活动成为可能，各种文化你方唱罢我登场，堪称是教养与消费的时代。梦二跟上了时代，用新的主题和新的表现创造出所谓"梦二式"，在初具规模的大众社会造成了巨大影响。

大众文化形成的条件之一是媒体发达。当时杂志是主要媒体。1872年日本人口为3480万，1920年增加到5596万。明治末叶，杂志印数剧增，大正年间已经有多种杂志印数超过10万册。喜欢画是一种风潮，谈画有如后来谈电影，被称作美术趣味。内田鲁庵曾写到"谈不来美展的人就像是远离东京的乡巴佬"。川端康成年少时也想当画家。这正是梦二流行的社会背景。说来日本人的美术趣味至今不衰。与年轻人交往，他们随手就画出一个漫画人物，虽是模拟，却好似出自内心。大正时代印刷术突飞猛进，杂志以图版吸引读者，卷头画页甚至能左右销量。如周作人所言，"竹久梦二可以说是少年少女的画家"。面向少年男女的杂志尤重视图版。1914年讲谈社创刊《少年俱乐部》杂志，用高畠华宵画插图，印数达到30万册，但是因稿酬问题，华宵走人，发行量锐减，竟成为"华宵事件"。梦二最初给《中学世界》杂志画插图，有道是，受众已备，梦二式应时而生。

大众文化是消费文化，娱乐大众化。大众的本事在于能够把任何事物变成娱乐，加以消费。他们一大早就坐在路边，喝着啤酒，吃着盒饭，等着看明治天皇出殡。人都想传播自己的感动，与人共有，这就需要看同样的东西，谈同样的东西，从中产生情感共鸣。在没有微博的时代，交谈是主要方式，通过交谈加深感动，并由于有人感觉相同，而相信自己的感性，为之安心。这种对自己的发现、认知，不过是寻求归属。感性共同体没有创造性，但造成流行。看漫画或电视是孤独的，但是在学校或酒桌的交流，使快乐共有，便好似古老的狂欢。梦二的作品尤其在少女中流行。

日本文化在江户时代已趋于大众化，亦即商品化。或许可以说，在中国文化的阴影下，日本发展起来的自己的文化就是一种大众的商品文化，如浮世绘。漫画这一商品文化仍然延续着江户时代的模式。明代文化出现商品化倾向，但这种商品文化停留在知识人范畴，识字等条件制约它难以向大众发展。梦二的插图、美人画代表梦二式，但梦二式真正在社会上流行是他设计的服饰、小物件等商品，相当于当今的卡通商品罢。前妻开了两年小店"港屋"，所有商品都是由梦二设计，梦二式被模仿，满街招摇着梦二式女人。

刘柠指出，梦二的"人生和艺术纷然杂糅，浑然一体，你中有我，我中有你"。梦二把女人画得瞪大了眼睛，腰肢扭曲，大手大脚，但感性来自现实，那双大眼睛是他妻子的。梦二式美人的眼睛里飘溢的哀愁不是传统的物之哀，而是时代的感伤。明治维新后，西方化取得了一定的成功，却也让人看清了与大国生活环境的巨大差距，时代弥漫着成功后的空虚感，以及漠然的不安。对逝去之物的眷恋也使梦二的画笔饱蘸了悲情愁绪。他表现的是当时人们日常所感受的细微情绪，用今日的网语来说：你懂的。当年梦二的粉丝主要是少女，而今多是大叔。他们赏玩梦二的形态之美基本是怀旧。梦二积极吸取西方新感觉、新手法，同时也热爱日本古来的风俗，现今被当作文化符号，代表了日本情趣。或许可以说，梦二是当今走向世界的"卡娃伊"文化的源头。

1923年发生关东大地震，人们的感性为之一变。大正结束前一年（1925），梦二和小说家山田顺子闹出丑闻，媒体无仁义可言，当即把他变成八卦人物，人气急转直下，甚至招"新人类"讨厌，川端康成在伊香保温泉便遇见他一副衰相。土岐善麻吕追悼梦二，说"竹久君的艺术将活在历史之中"。大众健忘（所以总是快乐的），梦二死后很快被忘到脑后。1968年日本经济跃居资本主义国家第二位，被战争摧残的大众文化复兴。1970年纪念梦二诞辰九十周年，举办大回顾展，梦二从历史之中走出来。流行是翻来覆去的，怀旧也生出新意，特别是他的设计，为人注目。

1985年《初版本复刻竹久梦二全集》付梓，1987年《梦二日记》、1991年《梦二书简》相继上市。刘柠"二十多年前，人在东京"，赶上这一波梦二热。这本《逆旅——竹久梦二的世界》出版于2010年，好像把中国也弄得发热了。

话说平清盛

日本古典小说《平家物语》以平清盛为中心，描写平家四代的兴亡，在文学史上堪比我们的《三国演义》。《三国演义》开篇道："是非成败转头空"，《平家物语》也说："祇园精舍之钟声，有诸行无常之响"，但"三国"偏重于天下大势、分久必合、合久必分的历史进程，而"平家"宣扬因果报应，把平清盛塑造成奸雄，自不免灭亡。平清盛，史有其人，日本"央视"NHK2012年播放一年的历史剧就演他。历史总是被与时俱进地重写，日本也有其时代主旋律，于是平清盛旧貌换新颜。

平清盛生于1118年；就是这一年，泱泱大宋与金国订海上之盟，联手灭亡了辽国，惹火烧身，当平清盛十岁时，北宋被金国灭亡。794年恒武天皇迁都平安京（京都），此后约四百年，史称平安时代。日本全盘中国化，但学习、模仿之事被贵族垄断，知识蓄积在朝廷，政治及文化的继承人在贵族家庭内培养。以天皇为顶点的政治体制虽建构起来，但不是基于科举的官僚制，而是贵族的世袭政治，原则上龙生龙凤生凤，等级身份不能变。平清盛的家庭出身是武士，也就是贵族的看门狗。《平家物语》讲他爹平忠盛护驾，白河法皇（第72代天皇，让位出家称法皇）很赏识，把已有身孕的宠妃赐给他，产下一子，即平清盛。卫府（都城的军事组织"近卫府"、"卫门府"、"兵卫府"）任用武士从三等的"尉"起步，但"我爸是白河"，平清盛一当官就是二等的"佐"。

"平家"演义不可信，可信的是平清盛飞黄腾达着实还靠了几个女人。第一个是妻的异母妹，这位小姨子受到后白河上皇（第77代天皇，上皇为操纵权柄的太上皇帝）宠爱，产下皇子，日后登基为高仓天皇。平清盛之女和高仓天皇生下安德天皇。皇家及权臣争斗，继母命平清盛站在后白河上皇一边，结果站对了。又发生政变，平清盛卫护后白河上皇再立新功。朝廷的权力抗争引进了武力，武士们认识到自己的实力，从此积极用武器左右政治及政局。（所谓刀是武士之魂，乃江户时代产生的概念，与这年月的武士无关，他们常用的是长杆大刀）僧慈元目睹政变之乱，在《愚管抄》中慨叹日本国变成了武士之世。作为一介武士，平清盛破天荒晋升公卿(位阶三级以上的贵族)，更位极人臣，独霸朝廷。但小姨子死，不愿当儿皇帝的高仓天皇及其后盾平家与后白河上皇冲突加剧，上皇步步紧逼，平清盛兴师将其幽禁。高仓天皇让位给安德天皇，平清盛当上天皇姥爷。

成也女人，败也女人。当年另一位拥有重兵的源义朝死于政变，平清盛相中人家的美妾，纳为己用，条件是放过她的儿子源义经。继母听说源义朝之子源赖朝长得像自己死去的儿子，以绝食相挟，非留他一命不可，平清盛只好收回斩草除根之念，将源赖朝流放东国（京畿以东诸国）的伊豆，埋下了二十年后源氏灭平家的伏笔。后白河上皇的三子以解救上皇为号召，源赖朝起兵响应。平清盛猝死。平家逃离京都，企图在西国（主要指九州一带）重整旗鼓，但是被源义经打得落花流水，平清盛之妻抱着六岁的安德天皇投海。平家覆灭，时当1185年，我中原百姓南望王师六十年。

838年日本最后一次派出遣唐使，其中有圆仁，滞留八年，撰写了《入唐求法巡礼行记》。半个世纪后，唐朝探询，893年日本又研究派遣，但这时，茫茫大海上商船已往来频繁，对于日本来说，国家主导的文化交流已没有必要，不必再耗资且玩命，便终止遣使。983年奝然入宋就是乘宋人的商船，太宗皇帝接见并款待，跟他笔谈。对于与宋朝贸易，日本分成两派，平清盛不仅创始了武家政权，而且大力从事并垄断海上贸易。早在平忠盛一代，平定海盗，掌控濑户内海，靠日宋贸易奠定了平家在西国的基业。造船技术提高，在平清盛推动下，1176年日本商船驶往大陆。他家有"扬州金、荆州珠、吴郡绫、蜀江锦，七珍万宝，一样不少"。日本输出沙金、硫磺、珍珠、刀剑、漆器、木材等，输入织物、典籍、陶器、香料、铜钱等。输入铜钱之多，使日本跨入"中国钱的时代"，也就是日本人使用中国货币的时代，改变了以物易物的古代经济，转型为商业国家。

平家被源氏打败，源赖朝受命为征夷大将军，在镰仓另立中央，执掌天下，结束了平安时代。镰仓幕府（江户时代称武家政权为幕府）背向中国，禁止使用中国钱，经济又退回以物易物。有史学家把源氏政权定义为"反全球化"政权。如果平清盛取胜，说不定照搬宋朝模式，也毅然拿来科举，不必等六百年后明治时代才绕道西方拿来官僚考试制度。

倘若发思古之幽情，那么，游览京都的三十三间堂，那是平清盛建的，广岛的严岛神社也是他建的。以合掌式房屋闻名的白村乡，传说那里的人是平家活下来的武士后代。

天灾难测人作伥

东日本大震灾，被称作战后六十五年来最大的国难，此难有三：地震、海啸、核泄漏。特别是核泄漏，把日本乃至世界搅得惶惶不安，打碎了最后的日本神话——安全神话。当事者东京电力公司和当权者菅直人总理一再说"想定外"，意思是没想到竟然会这样，也就把责任归之于天灾，出乎意外，防不胜防。然而，真是不可预测吗？到底是想不到，还是故意不去想？其实早就有人想到了，警钟曾一再敲响。

毕业于京都大学工学系原子核工学专业的日共众议员吉井英胜曾多次在国会上提出地震及其引发的海啸会造成核电站危机，例如2006年10月质疑：柴油发电机、蓄电池失灵，冷却系统等不能起作用，那时反应堆怎么办？原子能安全委员会委员长铃木笃之敷衍：正要求企业多方面采取措施。原子能安全、保安院院长则断言：有安全设计，不会出丧失电源那种状况。执政党总是把在野党关于核电安全性论争从党争的角度来消解，持不同政见，其科学论据也成了何患无辞。从政府到企业都不曾未雨绸缪，照样推行既定的核电政策。苏联切尔诺贝利核电站爆炸，危害空前，日本认为原因是安全意识落后，自诩安全性。他们向来以国小资源少的共识及危机感铤而走险，自1960年代核电站运转以来事故时有发生，但由于媒体未发挥公器之用，事故一再被遮掩过去，可以说，日本核电史充满了欺瞒。据说，当年担任东京电力福岛核电站安全性检证的技术人员从万无一失的水平曾建言，要想到飞机掉下来正好砸在反应堆上的可能性，被斥为千年一遇，也就是杞忧，不予"想定"。各种可能性全都被除外，剩下来的即所谓安全。现今日本出问题，各国都赶紧自赞自家核电站何等安全，恐怕还是多想想千年一遇的可能性为好，因为这一遇，未必在九百九十九年以后，也可能就在明天。

日本反核电大有人在，其一是广濑隆。生于1943年，所学为应用化学，参加过学生运动，一度从事技术工作，1972年辞职，专事翻译与写作。美国三里岛核电站发生核泄漏事故，他由此关注核电问题，致力于反核电的草根运动。1981年出版《把核电站建在东京!》，质问：如果核电站安全，为什么不建在最需要电力的东京圈，却不惜输电成本，建在远离东京的地方？1986年发生切尔诺贝利核电站事故，翌年广濑隆出版《危险的话——切尔诺贝利与日本的命运》，引人注目，媒体宠爱在一身。人们谈核色变，核电产业一落千丈。但好了伤疤忘了疼是人的本性，近年来找到新理由，即二氧化碳造成地球温暖化，而核能源有益于环境保护，于是重振为朝阳产业。民主党上台，以"清洁政权"自许，更大力推进"清洁能源"，比自民党政权有过之而无不及。"反核电旗手"广濑隆几乎被忘记，2010年7月久违地出版《崩溃二氧化碳造成温暖化之说》，主张地球温暖化的原因之一是核电站排出的热废水。

紧接着，仿佛有所预感似的，2010年8月又出版《核反应堆是一颗定时炸弹——害怕大地震的日本列岛》，就大地震毁坏核电站的"核电震灾"使日本破灭的可能性陈述己见，即：核电站会发生大事故；一旦发生大事故，日本基本上毁灭；这种可能性非常之大，而可怕的起因是大地震。虽然拿出种种无误的事实给读者看，自信不幸而言中的概率相当高，但内心还是希望所推导的结论是错的罢。如果漫然接受现状，不思虑以后，那就是日本人自己选择的命运了。此书所言完全据"迄今所知历史地震"预测，也多是专家的推断，例如地震学教授石桥克彦率先提出了"核电震灾"观点。

时过半年,这种命运果真降临到日本人头上:2011年3月11日发生大地震,引发海啸,福岛核电站发生核泄漏,整个日本都不得安生。广濑隆写道:人们被大地震这一自然灾害折磨,再加上前所未有的核辐射灾害,构成最悲惨的状况,然而在日本,包括居民避难在内,事实上什么对策也没有。目睹东日本大震灾一个月来的现实,不能不说完全被广濑隆不幸而言中。于是人们要捧读他的书了,3月30日再刷,4月5日三刷,书店堆在了店头。经历了这番惊吓,反对核能源的人会大大增多罢。国难当头,人心思定,东京都静悄悄选举知事,说震灾是"天谴"的石原慎太郎年高七十八,第四届连任,当选之后说,不能因这次事故而全面否定核电。原来东京都政府就是东京电力公司的大股东。

2010年4月广濑隆和铃木笃之在《朝日新闻》上长篇对谈,指出核电站的危险性,铃木拿科学说事:这正是科学的进步,所以安全了。对于广濑隆的疾呼,核电推进派大都二字以蔽之曰:外行。日本原子能文化振兴财团曾出书批判《危险的话》的谬误。从专业来说,广濑隆确然属于"外行",但是反核电不乏专家,例如2000年去世的高木仁三郎是原子能专家,1995年发表论文,明确指出福岛核电站等几处核电站耐震性劣化，地震及其引发的海啸会断绝外部电力、冷却水，呼吁强化安全对策。

对于科学家技术人员，往往以为这类人满脑子科学，浑身上下是技术，却忽略他们也是人，活在世上自有利益要维护。科学未必使人高尚，专家当中也不无卑劣之徒。广濑隆揭露，日本的电力公司建核电站，不是选地盘坚固与否，而是先定下地点，也就是大城市近便之处，然后找地质学家、地震学家来调查地质。这些人实质上充当电力公司的顾问，所以广濑隆告诫，"对左右我们生命的'某种专家'必须抱有严重的猜疑心"。原子能研究领域基本是核电推进派的天下，以各种名目得到电力公司的资助，作为回报，宣扬核电站的安全性。主导核电站建设的官僚们离职，去处是电力公司的有关单位，共存共荣。这样的官僚、学者、企业三位一体，推行并实现政府的核电政策。京都大学原子能反应堆实验所有一个"六人帮"，六位原子能研究者在反核电的立场上进行研究，亦即反体制，被视为另类。在学会里坐冷板凳，得不到研究经费，职位也不能晋升，饱受歧视。他们一直像乌鸦一样警告早晚会发生大事故，电视台报道，电力公司就用不登广告来压制。

广濑隆说：海啸的天灾是不可避免的，这是日本的宿命，但悲惨的核电事故是人祸。该负责的不仅是电力公司，还有一直不警告其危险的电视，和那些上电视夸夸其谈的专家。事故发生后，媒体上活跃的专家基本是核电推进派，即御用学者。当人人被要求冷静之际，或许广濑隆说"也许日本真完了"，这话才是"危险的话"。日本政府对核辐射泄漏的事故评价由四级改为五级，已过一个月的4月12日又升格为七级，与切尔诺贝利同等严重，大范围对于人的健康与环境产生影响。虽然广濑隆当初即指出严重程度超过切尔诺贝利，身穿防灾工作服作宵旰状的政府也不会给他一个国民荣誉奖。

一柱摩天树信心

东京城里竖起了一柱电波发射塔,作为自立式建筑,超过六百米的"小蛮腰"(广州电视塔),世界第一高。名称用英语合成,写作片假名,也就算日语。汉译本该是"天空树",被中国人抢先注册,只好叫"晴空塔";天有阴晴,而且坐落在墨田区,似不如叫摩天树,或者就叫它天树。

塔高六百三十四米,谐音"武藏",往昔这里是武藏国的领地。日本人本爱用数字谐音,例如四六四九,读成ヨロシク,便有了请多多关照的意思,兴许能惹人注意。中国人最爱八和六,日本人最忌四和九,因为读若死和苦。日语的汉字及数字几乎都至少有两种发音,即音读与训读,例如四月四日的两个四各有读法,不至于"死路一条"。纽约的世界贸易中心一号楼原打算高二千英尺,后降至一千七百七十六英尺(五百四十一米),寓意美国独立之年1776。

摩天树是名为日建设计的公司设计的,由澄川喜一和安藤忠雄监修。澄川是当代艺术家,以木石金属为材料,造型常运用日本刀的曲线,摩天树也用上这种传统曲线美。占地有限,不能仿三百三十三米高的东京塔四脚落地,基座采用三足鼎立的三角形,三条腿在五十米高处合为一体,向上渐变,约三百米高处变为圆形。从四层乘电梯,五十秒升到三百五十米处,有第一展望台"天望甲板",高过加拿大CN塔展望台的四百五十米处有第二展望台,叫"天望回廊",三百六十度观景,一览众山小,也可以找找自宅在哪边。

我是昭和末年东渡的,望望然汲汲然登临东京塔。这座电波塔建成于1958年,是日本经济大发展年代的象征。电影《三丁目夕阳》及《三丁目夕阳'64》的男女老少望着它,仿佛望见更美好的明天。五十年后,2008年动工建造摩天树,取代受高楼群影响的东京塔,并充当平成时代的象征。然而现实是,家电、半导体在世界市场上失去主导权,汽车产业大有被赶超之势,撑持经济的制造业也停滞不前。有人把1990年以来的二十年称作"失去的二十年",甚而悲观再失去十年,从发达国家中掉队。仰望摩天树,未必是望见希望,更指望它带来商机。2012年5月22日摩天树开业,塔里塔外人如潮。登上去，最想望什么？第一想望望富士山，它是日本的自然高度，而摩天树是人工高度；再就想望望东京塔，这大概是上岁数人的心态罢，他们总是要回顾历史。很有名的歌手德永英明翻唱昭和年间的老歌，做电视宣传，平生第一次登上东京塔，眺望摩天树，感慨时代的变迁。

摩天树顶尖是全长一百四十米的天线，好似五重塔的相轮。它的抗震系统正是采用了五重塔的传统结构。公元538年，钦明天皇(当时叫大王，还没有天皇之称)在位，佛教从朝鲜半岛传入日本。585年信佛的苏我马子立塔，隆重供养，可能那就是根木柱，反对佛教的物部守屋将它砍倒。这应该是原始的立柱信仰。五重塔中间立一根木柱，即所谓心柱，支撑塔顶的相轮。从立柱信仰来说，它就是神体，不是用它来支撑建筑，而是周围的檐、壁保护它，庄严它。百年以前的五重塔现存二十六座。法隆寺的五重塔建成于7世纪末8世纪初，高三十四米，几经地震，千余年不倒，是世界现存最古老的木建筑。东寺五重塔高五十六米，建于1644年，是高度之最。七重塔、九重塔也修建过，但雷击火烧，都不复存在。平成年间兴起建塔热，二十来年各地建起三十多座五重塔，多数是传统木构造。1923年发生关东大地震，明治年间兴建的砖瓦建筑和美国式铁骨建筑纷纷塌倒，但木造多层塔无一倒掉，于是掀起了一场建筑抗震的"柔刚论争"。1963年废除楼高不超过三十一米的限制，第一座超高层建筑（高一百四十七米）采用五重塔各层不加以牢固连结的"柔结构"。摩天树的塔身为钢骨构造，心柱是钢筋混凝土圆筒，高达三百七十五米，直径八米，直立当中。塔身与心柱之间有大约一米的空隙，高度一百二十五米以下与周围的钢骨塔身连为一体，以上则是像五重塔一样呈"倒摆"状态，用九十六台油压减震器相连，以防摇摆时塔身与心柱碰撞。若发生地震，心柱上部摇摆的方向与塔身不同，互相抵消使整个摩天树的摇摆最大能减轻一半。2011年3月11日发生东日本大地震，东京塔的天线弯曲了，而立起六百多米的摩天树在施工中安然无恙，意外地检验了抗震性能。不过，五重塔的抗震原理仍然是个谜，至今未破解。心柱内部设有避难楼梯，二千五百二十三级，走下来需要一个来小时。

摩天树迎客之际，片山修把建造世界第一塔的智慧与技术的现场报告结集出版，题为《挑战六三四》。这是技术挑战，也是民族精神的挑战。政治家莲舫在清理国家预算项目时质问：不世界第一就不行吗？东京摩天树似乎做出了回答。明治维新以降，直至东京塔，日本跟着欧美走过来，亦步亦趋，但摩天树强调日本特色，很显出自信与底气。从色彩来看，东京塔红白相间，自有一番热烈，摩天树是蓝与紫交辉的素雅，或许有益于慰愈长年不景气而产生的戾气。

摩天树耸立在"下町"，也就是老街，高塔和两旁低矮陈旧的楼房混搭，好似合成的穿越影像。要说穿越，绘师歌川国芳一百八十年前就来过当下，他的浮世绘上画有"摩天树"，而且由三条线构成。好事者问澄川喜一，他说没见过这幅画。

没跟你说我懂日本

据说,日本和中国的交流史长达两千年,只是近代不友好,也就是打了两仗,一胜一负。按说这算是平手,却不知为何,好像谁也不服谁,用本山老家的歇后语来说:倒背手撒尿——不服(扶)它。

早在唐代,日本还没在民族之林站稳脚跟,就有了"小中华帝国"的野望,出兵朝鲜半岛。或许是大陆人渡海而来,带来了大陆迷思也说不定。结果被盛极一时的唐军打得落花流水,于是一拨又一拨地派人到唐朝取经,并非幡然悔悟,而是要师夷之长以制夷。卧薪尝胆上千年,又发动一场甲午战争,乾坤倒转。唐人有气度,接纳四方,无须走出去,对于太阳升起的地方也不大关心,譬如跟日本人交往写了不少诗,几乎只一个远字:啊,你回到日本也没什么别的好处,就是先看见太阳,要是怀念我们这边儿,只望得见斜晖哟。"衣冠唐制度,礼乐汉君臣",日本国像模像样,宋代更多了民间交往,宋人也注意起日本,因为那里不仅出宝刀、折扇,更藏着"先王大典"。中国真用心于日本,是清末以来,背景却有点尴尬与无奈,是落后了,挨打了,而且被儿子似的蕞尔小国打了。一代又一代,凡留意日本,哪怕看一眼,似乎都负有国家兴亡之责,必须说出一个答案来。

　　清末黄遵宪以降,至周作人一代,他们对日本的好些看法不过时,不知是后人的眼光不进步,还是我们中国人早就看透小日本。庐隐的《东京小品》若隐去其名,恍如今人所作,虽然不是今人都做得来。自从1949年,尤其是1960至1970年代,我们除了在报纸上得知毛主席接见日本友好人士的消息,只偶尔读到樱花国度之类的散文或者诗歌。国门渐启,80年代掀起出国潮,以至于今,除去学者论文、作家游记、旅人观感,意在介绍及解说日本的文章也触目皆是。但不少文章继承了优美的散文传统,偏重于抒情,"是浪花咬的",把事实加以美化或丑化,从认知日本来说,读了反而有害。小泉八云写日本,写的是自己的幻想,至今误导着人们,而我们的某些名人一说道日本就有点晕,甚而胡说八道。外国人看日本文化都必有一个根基和参照,那就是本国文化。日本评论家加藤周一说:"似乎锁国唤起文化的国际化,而开国唤起文化的地域闭锁性。"走出国门,人未必就国际化,也可能反而自闭于、固步于本国文化,像阿Q那样自负,不仅有条凳和葱丝的问题,"女人的走路也扭得不很好",虽然同时也笑话未庄乡下人没见过城里油煎大头鱼。国人在国外形成圈子,在某种程度上像一个冰箱,把从中国带来的国民性冷冻起来,甚而比国内更坚硬,有时被说是出国的人比国内的人更爱国。对日本的误解时常来自两方面,一是抱有成见,观察日本有一种定势,二是对中国本身不了解,似懂非懂。

中国有海峡两岸,周作人未得重游日本,而彼岸没断了写日本。例如李嘉,自1947年担任中央社驻日特派记者,1965至1969年写《日本专栏》,后连同其他有关日本的专稿,于1981年结集为三卷出版。我来日本后留心台湾人写日本的书,1991年在位于东京代代木的东丰书店淘到了(真是淘,那家书店专卖台湾及大陆的图书,塞满书架,堆满过道)《扶桑漫步》,这是自称"疏懒成性的新闻记者"司马桑敦1954至1964年十年间写的东京通讯选编。后来结识了台湾朋友,收藏陡增,如舒国治兄馈赠崔万秋的《日本见闻记》,傅月庵兄更热心为寻寻觅觅,帮我购全了《日本专栏》,以及崔万秋的《东京见闻记》等。崔万秋在鲁迅时代就知名,1964至

1965年撰写见闻记,离开日本才一年,却说藏书本来有限,又未能全部带来,"深感资料不足",而且"话题太广泛,有些话题与笔者缘分甚浅,如滑雪、棒球、相扑、时装表演等"。老作家的写作态度令我肃然起敬。相比之下,有些人根本不参考资料,真的是所见所闻,而且什么都敢写,写相扑不曾临场观战,顶多在电视上见闻,更别说艺妓,那要花大把银子才可能"零距离接触"。此外如学人王璇的《广陵散记》见地通达,外交官丁策的《东瀛风土》学识渊博,都写得认真,而大陆作者急于表态,大发议论,也许是长年练就的习性罢。把日本树为敌人或样板来观察都大可不必,无非一邻人,自然交往,于交往之间自然了解。哈日族一哄而起,也障碍了认知日本的深入,耽于一过性时尚文化。有的人写日本只是哄哈日族罢了。

同为中国人,一水之隔,便有所不同。譬如台湾新生报总主笔周少左写道:1971年"到东京,第一脚踏上东京土地的时候,我有一种战胜国国民的骄傲,尽管距离日本受降差了廿多寒暑,终究是踏在他们的土地上昂首阔步,压制了数十年的'怨',顷刻之间作了阿Q式的发泄。"莫非比他晚一代,所受教育也各异的原故,大陆人涌来日本,学习也罢,挣钱也罢,似乎都不带这样的情绪。听说有人被日本人"谢罪"，大咧咧替受害者谦让：哪里哪里，日本人民也是受害者。这种偷换概念的手法也正是一些日本人在广岛施用的。司马桑敦写道："诚然它是被害的了，它是站在被打击的一边了，但是，就在广岛城的乡土博物馆中所陈列的历史证据中，说明广岛这个城市在那遭受打击的一天之前，它毋宁一直是站在打击者的一边的。"

司马桑敦生于1918年，本名王光逖，东北人，做过抗日游击队的随军记者，蹲过满洲国监狱，在长春办过小报，自1954年担任联合报驻日特派员，70年代撰写《张学良评传》。从司马桑敦的姓氏、籍贯、职业，我不由地联想王东，他也是东北人，比司马晚四十年从大陆来日本，做新闻记者，并且写文学性随笔。关于广岛，王东也明言："不论如何，日本曾是给亚太带来战争的加害者，广岛长崎的悲剧是咎由自取，这个历史结论是不容否定的，否则原子弹为何偏偏投在日本而非别国？"又问道："为什么一个不那么纯粹的'受害者'都可以把自己表现得那么委屈，而真正的受害者却反倒没有得到更多的了解？"更指出："广岛和长崎的悲剧，究其根本，实为日本偏狭的近现代化进程使然。"

平日留心读王东的随笔，最近他结集出版，又得以整体重读了一遍。写随笔不必是思想家，但应该是思考者。从一件小事引发思考，具有冒险性，但丰厚而扎实的学养足以让王东游刃有余。譬如日本人的谦恭有礼，我也读过韩东育的《中日两国道德文化的形态比较》，但停留于学术层面，而王东拿过来解释实际，"对类似有违公德的事情，否定之的着眼点不是对行为本身的对错进行发自内心的检讨，而是外在的'礼'的层面上给别人'迷惑'。"问题迎刃而解，而这种令人顿开茅塞的见解随处可见。看事物不偏颇，不偏激，需要有学识，但首先在心态，出以平常心。他的文笔也生动，可以随手拈出两句："站台上剩下他的几件遗物，一只黑色公文包静静地立在地上，平淡无奇，仿佛还等待着它的主人再次将它拎起。""反过来打量女中学生们，我看到的是一种不知所措，混杂着对青春仿佛陡然暴富之后的挥霍欲和困惑感。"

初来日本，便随着日本朋友成为反贺年片党徒，从不寄那劳什子。常有中国人称赞，其实，这是邮局为赚钱制造的习俗，王东更挑明"是一个体现压抑氛围的好例子"，一针见血，我作为旁观者分明看见好多人无奈写贺年片的血迹。

大概从外面拿来某种文化或主义都不可避免地"过度阐释"，以示本地化或者有所发展。茶道是一个典型，如王东所言："用大剂量的褒美之词，佐以琐细的门类流派划分，加上自己信以为真的虔诚，就成了'道'"；"所谓茶道，用外在的烦琐甚至古怪的形式，冠以生硬比附的玄谈奥义，弄得买椟还珠，失去了品茶的真谛。"我觉得花道还可以，毕竟有花可赏，而茶道跪麻了双腿，喝下刷锅水似的茶沫子，尽管内含着中国古文化，我也不敢领教第二回。

大陆人感叹日本的图书馆，王东也不例外，却不见台湾人写过。我舍不得日本，其一在于图书馆，可以用功，也可以消闲，如果你有闲的话。如今满世界建孔子学院，似乎不如用那个钱在国内建图书馆为好，先提高国人的中华文化水准。十三亿神州尽舜尧，万国来朝，岂不比走出去省事多了。不过，王东说"一本书只要大部分图书馆都能购入的话，至少就有了几千本的销量"，未免用图书馆来救济出版了。购藏学术性著作与否，也得看当地居民的结构、素质、需求。

说"欺软怕硬本来就是日本文化的特征"，我也要表示异议。从历史来看，日本人经常是以卵击石，偷袭珍珠港不就是吗？近代以来，即便在经济上，中国也时有强过日本，但自己败家，以致被人欺。同胞在日本，常以为只要横，日本人就龟缩，原因可能在于横的态度使事情的性质发生变化，甚而触法，一般日本人就只好退让，他们也有敢玩命的。"喜欢跟风盲从赶潮流，动不动就要闹上一下子"，恐怕哪个民族都如此，这是民众的性格特点，或许中国人更厉害呢。

如李嘉所言，好些记者是"天天看报，却不读书，日日发稿，但少作文"，而王东读书，而且读得多，在日本不为写论文而耽于读书是难能可贵的。他潜心于观察、分析、探究，不急于求成，如果这个成是名和利，那么他根本不求。和王东把酒闲聊，他看着你夸夸其谈，似乎还有点羞涩，忽而破颜一笑，便化解了你惊觉自己荒谬或浅陋的尴尬。他的随笔每每以亲历的人间小事为例，又征引数据，娓娓而谈，不动声色，又有点推心置腹的样子，读来很有趣。但是把书名叫《别跟我说你懂日本》，想来不会是他本意，而且也未必想当"日本百事通"。

编年旧事（代后记）

有经历才能有回忆，而经历是要耗费生命的，当可以回忆时，人也就有了年纪。魏大海兄来函约回忆，他要编我国的日本文学研究会三十周年纪念文集，惊了我一跳，因为学识不消说，甚至心理还幼稚着，惟其叹逝者如斯。

惊叹之后，油然记起了李芒先生。当年从长春赴北京专程拜访，他年过花甲，而岁月不居，如今我也到了这个岁数。我写过李芒访问记，刊登在《日本文学》季刊1983年第一期上，这是我涉足日本文学翻译及研究界的第一篇文章。同期还刊有陈喜儒记述井上靖、水上勉，那时候最羡慕他在中国作家协会做外联工作，时常去日本，跟中日两国的作家们交往。因喜儒兄关照，我作为《日本文学》编辑在长春、北京见识过几位日本作家，如水上勉、宫本辉、森村诚一。1988年东渡，起初还设想搞日本北海道文学与中国东北文学之比较，但现实不作美，未几便转向日本出版文化史，却也是浅尝辄止。一晃侨居二十年，一事无成，似乎只是为奥斯特洛夫斯基的那句"当回忆往事的时候……"的名言做了个注脚。我也曾想把我的整个生命和全部精力献给日本文学的出版、翻译及研究来着，尚何言哉。

往事如烟，记得1982年5月，单枪匹马赴京，请赵朴初先生写点什么，以纪念中日邦交正常化十周年。先生的《某公三哭》传诵天下，正当我考入高中那一年，从此仰慕，他的《片石集》是我学生时代寥寥无几的藏书之一。我并没见到朴老。接待我的是一位范姓秘书，看着还不到三十，矮个团脸，眼睛盯视我，满含了笑意。在京恭候数日，他交给我几页稿纸，上面抄写了《汉俳十首》，并附有自注。第一首《度尽劫波》：十载忆称觞/欢呼度尽劫波长/秋菊吐奇芳。得陇望蜀，我请求先生挥毫，范秘书便应承转告。又数日，获得先生手书，十首汉俳写在长条毛边纸上，墨迹淋漓，乐颠颠捧回长春。可笑至极的是，我懵懂无知，并没有提供纸墨，而最终出版社竟然只付了十首小诗的稿费。每念及此事，对赵朴初先生敬佩不已，更感叹当今世风浇竟，人心不古。先生的秘书也不属于后日传闻的秘书帮之类，过去这么多年，我觉得倘若在京城胡同里遇见，还能认得出。也不知墨宝今在何方，若胆大据为己有，装裱成手卷，那该有多好。

我大半生唯一获赠的手迹是林林先生的，至今摆在书橱上。他挂名为日本文学研究会会长，由实际主持日本文学研究会的副会长李芒先生引见，后来独自拜会过多次。向他约稿，所谓约，也就是他写什么我们杂志就登什么。写的是《俳句学习笔记》，后来出书叫《日本古典俳句选》，钟敬文先生作序，也首发在《日本文学》上。林林先生笑眯眯，和蔼可亲，每次见面都必谈他和赵朴初等人创作的汉俳，谈得津津有味，但福建腔浓重，我听不大懂。他乘兴援笔，给我书写了一首最得意的作品：花色满天春/但愿剪得一片云/裁作锦衣裙。还写上"长声同志正/林林/癸亥春节"，钤了一方白文。用"色纸"写的，我头一次见识这东西，以为它就是斗方。

我见过的另一位大官是赵安博先生，可能级别跟林林先生差不多，但到底什么官，我至今也没想知道。他陪同文艺评论家佐佐木基一访问长春，仰坐沙发上，闭着双眼，时而漫不经心地插一词半语，帮不知如何翻译是好的译者解围。那年月《日本文学》有中国独一无二的日本文学专刊之称，佐佐木表示惊奇，并批评日本的文学商品化现象。不知是预警，还是他始料所不及，为时不久，中国的文学商品化大潮比日本有过之而无不及，竟淹没了《日本文学》杂志。不过，水能覆舟也能载舟，现而今商海浩荡，横无际涯，浮起一叶日本文学杂志这般的扁舟应不是难事，际会风云也说不定。

1980年前后，百废方兴，翻译、研究日本文学的圈子不算大，编辑、译者、专家几乎大家都相识。有几位编辑勤于翻译，虽不无近水楼台之嫌，但翻译界缺人，社会上书荒，很需要他们译著编书两不误，如湖南林怀秋先生、上海吴树文先生，而人民文学出版社的文洁若、叶渭渠两先生似乎名气更在于译家。大约是1985年，辽宁春风文艺出版社的于雷先生立意搞一套日本文学大系，有东北师范大学吕元明先生襄助。沈阳的凤凰饭店开业没多久，走廊低而暗，当时颇高档，春风文艺邀各地译者来这里开会，很有点震撼。树大招风，听说社里社外群起而攻之，说是英美俄文学还没有出大系，属于二三流的日本文学出什么大系。凡事不怕没人捧场，只怕有人拆台，结果会开完，大系也草草收场。其实，搞大系、全集，这本来是日本出版业惯用的手法，受其影响，赵家璧才编了一套使他扬名中国出版史的《中国新文学大系》，想来于雷等人也无非照猫画虎。英美俄当然也可以搞大系，怕只怕不像日本那样有现成的东西可以让他们拿来。借这次会议结识了辽宁几位年轻编辑，个个能忽悠，但不久都各奔前程。

佩服于雷先生的胆识与能力，也隐隐有抗衡之心，人同此心，福建海峡文艺出版社编辑张明辉兄挑头，拉上江苏、湖南、吉林、黑龙江、四川的人民出版社和中国文联出版公司，七社联合出一套日本文学流派代表作丛书。那是1985年8月，海峡社请大家上武夷山开会。下榻于古典园林式宾馆，那时还不兴旅游，几乎无其他游客。晚上一些人吟诗弄墨，我更乐于和江苏竺祖慈兄畅叙，那种慷慨虽早已不在，二十多年来友情如故。会间还坐了半天车去一家研究所参观养蛇，美餐了蛇宴。所长曾被打成右派，历尽坎坷，认为蛇比人更有人性。良辰美景，乘竹筏畅游九曲溪。下山回福州，冷雨霏霏，途中在饭馆吃汤面，碗里有蛏子，这东西第一次吃；文联出版公司王玉琢兄教我撒上胡椒粉，这吃法也是第一次，辣得浑身发暖，后来在日本吃拉面不改武夷山吃法。这次会议是我当编辑唯一享受过的游山玩水会议。国门洞开，编辑朋友特别是当社长总编的，走遍世界，我就只有望国内而兴叹了。至于所谓中国出版走向世界云云，就不敢恭维了。

《日本文学流派代表作丛书》由李芒先生主编，同属社科院文学所的李德纯、高慧勤两先生为副，各社编辑当编委。也推举江苏李景端先生当副主编，但说是有各社平衡问题而作罢。计划1986年出版自然主义、唯美主义、战后派作品12种，1987年出版现实主义、浪漫主义、新思潮派、无产阶级文学、新兴艺术派作品13种，到1988年底全部出齐。那时我已经好不容易当上杂志副主编（括弧正科级）——之所以好不容易，是因为我这个人只做梦当副主编，却不肯按游戏规则下工夫，擎等着天上掉馅饼。却不料社领导对于我擅自当丛书编委大为恼火，原来这也是必须请示批准的。其实，当时也考虑到凡事要领导挂帅，编委里加上了各社领导，那时候当领导的还不大稀罕挂这类名。社里不予支持，承担的丛书选题一本也没出。我擅自请几位译者翻译，选题也无一通过，让人家白费了工夫，有杭州的，上海的，北京的，至今想起来还觉得无地自容，乃此生几大糗事之一。

去年（2008年）在东京遇见吴念圣先生，他还保留着某届日本文学会与会者名单，估计中国早已不使用那样的纸张，看着上面墨印的名字，一张张笑貌浮现在心底，真盼望得机会重聚。恐怕这种心情就表明人老矣，此回忆是我所写有关日本文学研究、翻译与出版的第二篇文章，虽然尚善饭，但不会再写第三篇罢。